宫本辉
作品集

道顿堀川

# 道顿堀川

〔日〕

# 宫本辉

著

许锡庆 译

人民文学出版社
PEOPLE'S LITERATURE PUBLISHING HOUSE

著作权合同登记号　图字 01-2022-4135

宫本　辉
道顿堀川

**图书在版编目(CIP)数据**

道顿堀川/(日)宫本辉著;许锡庆译.—北京：
人民文学出版社,2023(2024.11 重印)
(宫本辉作品集)
ISBN 978-7-02-017660-1

Ⅰ.①道…　Ⅱ.①宫…②许…　Ⅲ.①长篇小说-日
本-现代　Ⅳ.①I313.45

中国版本图书馆 CIP 数据核字(2022)第 235759 号

责任编辑　朱卫净　周　展
装帧设计　李苗苗

出版发行　人民文学出版社
社　　址　北京市朝内大街 166 号
邮政编码　100705

印　　制　凸版艺彩(东莞)印刷有限公司
经　　销　全国新华书店等

字　　数　113 千字
开　　本　787 毫米×1092 毫米　1/32
印　　张　6.25
版　　次　2023 年 2 月北京第 1 版
印　　次　2024 年 11 月第 2 次印刷

书　　号　978-7-02-017660-1
定　　价　45.00 元

如有印装质量问题,请与本社图书销售中心调换。电话:010－65233595

宫本辉
作品集

# 1

三脚狗从行人的脚旁穿过，往前行。那是一条垂着耳朵、眼睛与鼻子为棕色的瘦削黄犬。

此时，戎桥上只有稀稀疏疏的行人，三脚狗从南往北过了桥之后，停下脚步回头张望。桥两旁的栏杆上贴着许多残破斑驳的海报，桥畔的阴暗角落飘散出由小便及呕吐物混杂而成的湿臭气味。在闹街的暗影下，道顿堀川以近乎静止的缓慢速度向西蠕动，河面上洒落着几丝秋天早晨的阳光。

每当夜晚来临时，这一带会点燃起五光十色的灯火，而道顿堀川也霎时幻化成一面摄魂的黑色魔镜，将周围众生的虚无、倦怠、情欲及野心等杂质尽皆滤除，而在镜面上映照出远比实际色彩更加华丽的虚像。然而，在阳光底下，它便又恢复了缓慢蠕动的黑色烂泥大沟的原貌。

东横堀川呈北南走向，流经大阪市的中心，到了南区后便约略弯成直角向西流，往西的第一段河名便改称为"道顿堀川"，贯穿过闹区后又改以"尻无川"之名注入大阪湾。道顿堀川其实不是一条真正的河流，而是一条黏糊糊的腐臭运河。

邦彦站在河川咖啡店的门前，一边扫地，一边望着那条三脚狗。一名流浪汉正穿过酒吧及小饭馆林立的大马路，他那拖长的影子落到了狗的身前。狗确认了町子在后面跟上来的身影后，便安心似的折向宗右卫门町大街开始一瘸一瘸地往前走。町子避开那名流浪汉，从路旁快步走了过来，轻声呼喊着：

"小太郎！要注意啊！别又让车子辗着了。"

同时对邦彦报以一个微笑。

"原来那条狗的名字是小太郎？"

面对着在自己身前停下脚步的町子，邦彦自若地问道。

"对啊！是你的老板替它取的名字，还说什么这是个威风凛凛的名字呢！"

"哎？小太郎也算是威风凛凛的名字吗？"

卸妆后的町子看起来气色较差，唯有那两道剃光的眉毛带着一丝苍白的艳丽。邦彦有时不免觉得町子这张早晨的素净容颜具有强烈的魅力。

晚上，来到店里的町子总是薄施着脂粉，但乍见之下总给人一种浓妆的错觉，原因在于她习惯用眉笔画上两道浓黑的蛾眉。

浓黑的画眉浮现在她那小巧的娃娃脸上，使她看起来比实际的容貌来得妖艳。尽管是在风月场所中讨生活，但河川的老板却称许她是个心灵纯洁的女人。的确，从她那卸妆后的眉痕上，邦彦仿佛瞬间感到了一丝纯洁的气息。

　　"阿邦！你是明年毕业，对吧？"

　　町子先问了一句，接着又说：

　　"我的客人之中有不少是公司的社长，要不要我帮你介绍个工作呢？"

　　"可是我还不晓得能不能顺利毕业呢！"

　　"怎么像大少爷般说这种没出息的话……亏你还是个自己打工赚学费的人呢！"

　　那条名叫小太郎的狗在太左卫门桥畔的十字路口蹲坐下来，等待町子跟上来。邦彦不经意地望着穿过心斋桥街往御堂街走去的那名流浪汉的背影，在从地铁车站拥出向北流动的人潮当中，依稀可见到流浪汉的肩头。

　　"啊哟，好困！"

　　町子打了个哈欠，指着蹲坐在朝阳下的小太郎说：

　　"都是这条有怪癖的狗，害得我睡眠不足。若不一大早带它出来撒尿拉屎，它便会将大小便拉在店里呢！"

　　打哈欠而流出的眼泪垂挂在町子的眼角，她凝视着眼前的邦彦，那双湿润的眼睛仿佛流露出一丝若有似无的淡淡忧郁，就像是生活在这条闹街上的人们经常投射出的那种眼神。

邦彦目送那条狗和町子的身影在十字路口向左转去，把写着"准备中"的那面牌子挂在门口，然后转身进入店内。

河川咖啡店的营业时间从早上十一点开始，老板武内铁男通常在十点半抵达店内，在此之前，邦彦必须清扫店里店外，并且将咖啡泡好。每天早上的准备以及从傍晚五点到打烊的十一点之间是邦彦的工作时间，他在两年前搬进店里二楼一间由杂物间改成的小房间，目前的身份是一个半工半读的大学生。

店内的面积不算宽敞，只摆设了一个约六人座的长柜台，外加三张四人座桌子。店内的中央有一张桃花心木的摆饰台，经常布置着花团锦簇的花饰，依照日子的不同，有时是玫瑰，有时是百合，有时则是延命菊，每次都是将单一种类的花尽情地插满在大型花器中，每隔两三天便毫不吝惜地加以更换。

墙壁上有一个方形的孔穴，摆设着一只小小的琉璃水瓶，颜色为鲜艳的翠绿色，圆圆的瓶身配上长弯形的鹤颈，呈现出令人着迷的优美曲线造型。除了这只琉璃水瓶外，壁穴内别无其他摆饰品。满室生香的花饰与造型优美的琉璃水瓶正象征着武内铁男为这间店付出的心血，他今年刚好五十岁，经营此店已有十年之久。

做好一切的准备工作后，邦彦坐下来抽烟休息。从两年前的昭和四十二年（一九六七年）起，河岸两旁便进行着一连串的修筑工事，河岸铺设了一条宽约两米的草皮坡道，还有一处处的花坛。随着时间的流逝，绿色草皮坡道越发变得青翠，因而更加凸显出河水的脏污。

透过玻璃窗眺望着戎桥，可以见到武内铁男正抱着一大把黄玫瑰花往这里走来的高大身影。邦彦对着武内挥手，或许是由于玻璃窗反光之故，武内似乎瞧不见邦彦的手势。

从武内通过桥的中心点起，邦彦便开始计数，这是他在一次无意中的尝试后所养成的习惯，纯粹是用来计算武内从该处抵达店里所花的时间，别无什么意义。当邦彦数到五十一至五十三之间，武内便会踏入店内，而且是屡试不爽，不论是在人潮拥挤的日子或大雨倾盆的日子，武内总是踩着同样速度的步伐来到店里。

"我常为了思索第二天要插的花而辗转失眠。即使选好了花材，可是摆不了两天便又得更换，这种事已经不再是乐趣，简直成了一桩苦差事了。"

刚踏进门，武内便劈头说道，然后一屁股坐在邦彦的对面。

"而且花的价格又贵，我在想是不是该停止这种奢侈的玩意……"

武内又蹙眉说道。话虽如此，但顾客之中有许多人偏爱店里这种奢侈的花饰摆设。

"阿邦！政夫最近的情况如何呢？"

"昨天他来店里喝了一杯咖啡，说要到红白桌球房去，准备跟伦敦的老板来一场通宵桌球赛呢!"

"伦敦"是位于阪町的一家酒吧,老板是个经常斜眼看人而又挂着一脸假笑的微胖男子,除了赌马、打牌、赌桌球等外,做起其他事都不带劲。

邦彦将刚泡好的咖啡倒入杯中,然后端到桌上。在开门营业之前,俩人经常都是这样一道进早餐。当邦彦在吐司上涂奶油及煎蛋之际,武内便发挥自己独特的插花术开始插花,经他巧手摆弄一番之后,原本一大把的单一花材便以不可思议的造型在花器中鲜活起来。

从靠河的窗子射入室内的阳光洒在武内的身上,邦彦在柜台后面准备早餐,空气中飘浮着烤吐司的香味及咖啡的苦涩芳香,使得室内呈现出一股暖意,然而却掩不过由武内的背影所散发出的那股忧郁寂寥气氛。

从体格来看,武内显得比实际年龄来得年轻,但从相貌来看,又比实际年龄显老。两者之间的矛盾造成一种突兀的感觉,有时是一种滑稽感,仿佛是一个年轻演员在扮演老态龙钟的角色,有时却是一种完全相反的凄凉感,仿佛是一个年老演员在拼命扮演年轻的角色。

邦彦曾经听红白桌球房的老板提过,说在昭和二十四五年到三十九年(一九四九年到一九六四年)之间,武内是一个在桌球界远近驰名的人物。

"尤其是在三颗星竞赛中,无人能胜过武内。虽然他不是个正式比赛的冠军,但历届的比赛冠军皆曾惨败在他的手下。"

红白的老板如此说道。根据他的说法，武内不曾参加过任何一次正式比赛，但他是个地下性的传奇人物，在桌球界可谓无人不知。然而，邦彦从平常的武内身上找不出一丝当年的球王风采，在他的眼中，武内只是个没啥欲望、不拘小节的爽直男人。

只有一件事情能让武内激动，就是当他和儿子政夫相处时，他那张长脸便会出现一种强自按捺情绪波动的表情。

邦彦昨天便和政夫约好在今天这个时候去难波车站碰面，但他不太敢对武内提起此事。

"今年是你母亲的三周年忌，对吗？"

插完花后，武内一面擦拭桃花心木台座上的水滴，一面开口道。邦彦在初中时丧父，在十九岁那年冬天又丧母，从那时起便孤零零地一个人过活。

"若将过世那年也算进去，那么今年应该是三周年忌吧？"

"嗯，没错！可是好像也没什么要紧的事该办……"

邦彦边嚼着吐司边回答。他跟亲戚之间几乎全无往来，虽然今年适逢亡母的三周年忌，可是他并无特别的打算。他的母亲是在除夕的夜晚过世的，他记得那是极冷又漫长的一天。

"能在好公司找一份工作就好了……"

武内喃喃说道，同时端起咖啡啜饮。

"嗯，阿邦泡的咖啡有独特的风味，又苦又浓，入口生香，真是够味！"

"若是不能毕业，我打算干脆退学，就在这里当个正式的店员。"

"傻瓜！如果你不好好读到毕业的话，我就将你赶出去！"

武内用半认真半开玩笑的表情瞪着邦彦说。

"我最欣赏努力上进的年轻人，不论能不能成大业，年轻人要有大志才好。"

其实邦彦早已听腻了武内的这番老调，每次听到总觉得心里有些不是味道，因为他感觉到，什么成大业啦，什么立大志啦，都是那些生活在跟自己不同世界的人所说的话。

"那么老板你自己呢？你年轻时是否也怀有大志？"

"有啊！当然当初自认为是大志，后来才知道其实是个微小的志向，只不过是个渺小的梦想罢了！"

武内喝了一口咖啡后，掏出香烟叼在嘴上，指着河川的方向又说：

"从这里往西穿过御堂街后，一直往前走便会走到幸桥，你知道吗？"

虽然似乎听过这话，但邦彦还是默默地摇摇头。武内口中吐出的烟让邦彦的眼睛感到难受，因而邦彦起身走到靠河的窗边避难。窗外的道顿堀川缓缓流着，河面上有些小波浪，是个晴朗风大的天气。

"戎桥再过去是道顿堀桥，接着是新戎桥、大黑桥及深里桥。再过去便是住吉桥、西道顿堀桥及幸桥。从那边的桥面上眺望道顿堀，那么你便会明白什么是大志、小志了。"

邦彦解开黄铜锁扣，推开玻璃窗探头向西眺望，但只能看到道顿堀桥的栏杆而已。

"总之，道顿堀看起来就像是一个霓虹灯通明的无人岛，令我难以想象自己居然就住在那儿。阿邦，你也该试一次从幸桥眺望道顿堀的滋味。但不能选白天的时间，要选夜晚，而且还得是夜晚最热闹的时间。"

"从那边眺望这儿便会明白许多事吗？"

"没错！比起看花开花谢、日落月升，更能有一番顿悟。"

邦彦闻言后不禁窃笑，武内见状又道：

"你别偷笑！我的话可不假呢！"

语毕，他径自起身将面前的盘子及咖啡杯拿到水槽。此时，五六位老顾客一起踏入店内。

来客是在心斋桥街经营商店的几位老板及掌柜，在工作之前先来这里喝杯咖啡。在上午前来河川咖啡店的顾客大半是这类人，在下午则以初次光顾的客人居多，到了傍晚，店里便会坐满在附近酒吧、俱乐部上班的女郎，等她们离去后，接踵而来的便是一些常将这儿当成约会场所的恋人，这时候的河川便会恢复原有的宁静气氛。

"阿邦，你可以去上课了！"

武内开口道。

邦彦闻言后便推开设在调理台后面的小门，登上狭窄的楼梯到二楼，进入天花板低矮且凌乱不堪的房间内，取了两三本书挟在腋下，然后匆匆地下楼。

今天只有两堂课，他打算上课后到校内的就业辅导室走一趟，看看贴在布告栏上的招聘启事。虽然在毕业之前还得修不少学分，但也差不多是该认真考虑就职的时候了。大企业几乎在暑假期间便已选妥了新进人员，到现在还继续招人的，只剩那些员工不满三十人的中小企业。

从今年暑假之后，邦彦便开始认真上课。就像町子姐所说的，他并没有那种能够悠闲上大学的命，亡母当初是耗尽积蓄来供他读大学的。

"反正我也只能为你尽这点心力。"

当初邦彦没考上国立大学时，亡母坚持让他进入私立大学就读。

邦彦一想到那笔辛苦钱及母亲过世的情景，便决定无论如何也要自力更生熬完大学的最后两年。

邦彦踏出店门后，便上了戎桥往难波车站的方向走去。戎桥街的两旁陆续响起商店的卷帘门拉上来的响声，但这条南区的商店街在这时刻仍只有稀落的行人。

政夫已经早先一步来到难波车站的检票口等待。

"你昨晚真的整夜没睡啊？"

邦彦问双眼布满血丝的政夫。

"打桌球打到今天早上四点，小有斩获呢！"

政夫从胸前口袋取出一叠钞票在邦彦的面前摇晃，同时笑着答道。

或许是得到了父亲的遗传，跟邦彦同年龄的武内政夫很厉害，每天转战于各个桌球房，靠打桌球赢取自己的生活费。

跟父亲相较之下，政夫要矮得多，而且还貌带贫相，但那双水泡眼总是闪烁着令人不敢轻侮的精光。他那种边拿着粉块涂擦杆头、边歪着头寻思进攻招式的神态最是吸引邦彦。当判断出对方是个冤大头却同时又是个难惹的不良分子时，政夫便会露出那种神态。从那一神态中，邦彦能感受到政夫涌现出的旺盛斗志及内心中强力压抑的几分不安。

"阿邦，我有件事要拜托你！"

政夫一面用手拨开人潮往前走一面说道。

"不管是什么事，我一概拒绝。"

邦彦一口回绝，因为根据经验，每次答应政夫的请托后，总是会换来一场后悔，所以这次故意予以否定。若换成别人以这种口气回绝，那么政夫一定会摸摸鼻子作罢，然而他可不会理睬邦彦拿架子。

"我想跟一个家伙比赛，只要获胜，我便是大阪第一高手了。”

“什么比赛？”

“当然是桌球啦！那家伙是个职业选手，名叫渡边耕三。但除非有高额赌金，否则他不会接受挑战。”

说到这儿，政夫突然斜眼盯着邦彦，笑着又说：

“那家伙长得跟阿邦在落魄时的模样很像呢！”

“你说要拜托我，到底是什么事？”

话一出口，邦彦才想到自己又上当了，然而他对那位跟自己的落魄模样神似的桌球高手倒也有几分好奇。

“要拜托你当比赛的见证人。我觉得自己这几天的状况很不错，若在此时向他挑战，说不定会有获胜的机会。如果不把握时机，等状况走下坡，就没胜算了。拜托你陪我去，顺便帮我壮壮胆嘛！”

御堂街两旁的银杏树已是一片浓浓的艳黄，政夫快步通过马路，邦彦尾随其后，事情好像就这么说定了。俩人接着向左拐弯，在狭窄的巷弄中钻来钻去。

“老爸有没有问起我的事？”

“有啊！今天早上还问起你的近况呢！”

“老爸对我很冷淡，但跟你倒是很合得来……”

“那是因为你整天沉迷于桌球不回家，害他为你担心，所以才故意对你冷淡的吧！”

“不！原因并非如此。从老早以前，老爸就一直对我冷冷淡淡的。”

除了冷淡之外，从武内注视儿子的那种眼神中，邦彦有时能察觉出某种更复杂的情感。关于武内的妻子，邦彦以前曾听武内提过她在政夫十四岁那年过世，除此之外一无所知。至于武内以前的桌球传奇事迹，则是由红白桌球房老板的口中得知，邦彦从未向武内直接求证此事。同样，武内也从不曾详细探问过邦彦的身世。当初是邦彦看到咖啡店门外贴着"招聘工读生"的贴纸，入内洽谈后便当场获得录用，那时候他只将一份简历交给了武内。

"有兄弟姊妹吗？"

武内问了一句，听到邦彦回答"没有"之后，并未追问而仅仅喃喃自语：

"原来是孤单一人……"

接着又说：

"如果你愿意，可以搬来住在店里的二楼。"

于是邦彦便拎着棉被及日用品，从跟母亲住了五年的阿倍野的公寓搬进了河川咖啡店的二楼。武内则在天王寺另租一间公寓，每天从那边搭地铁通勤。

"就是这儿！"

政夫在一处出租大厦及小酒吧林立的拐角停下脚步，指着一间咖啡店说。俩人踏入这家内部以茶色为基调并且装饰着大铁壶及风铃的咖啡店后，政夫就朝着一位浓妆艳抹的女人问起来：

"渡边先生在吗？"

"哎哟，真是稀客！"

看起来像是老板的中年女人答道。她的脸上涂着厚厚的蓝眼影，眼角还留着些眼屎，令邦彦不由得收回视线。

从咖啡壶中冒出的蒸气直冲至低矮的天花板，然后缓缓飘散在整个室内。邦彦以为比赛会在别处的桌球房进行，不禁略觉扫兴而显得有些无聊地吸了一口蒸气。

女人转身入内，旋即有一位三十五六岁的瘦削男子从里面出来，见到政夫便咧嘴一笑。男子的肌肤呈现一种不健康的暗淡褐色。

"听说你的本事大有进步，真的吗？"

男子的嘴上叼着一支烟，一屁股坐在椅子上，边说边用眼角余光瞄着邦彦。政夫同样也叼着香烟，皱着眉头在男子的面前坐下，摆出流氓的架势，大剌剌地说：

"一局决胜负吧！我身上带着大把钞票呢！"

听到这话，一名正在店内一隅看杂志、像是流氓的年轻人抬起头插嘴：

"带着多少呢？"

政夫从胸前口袋掏出那一叠纸钞示之。

"用这一大叠赌一局吗？嗯，小老弟也真是够种！"

不等年轻人说完，渡边便突然起身，从架子上取下一瓶威士忌，倒满一杯后一口喝干，那张略显倦容的面孔抽搐了一下。邦彦一眼看出这名职业桌球高手是个严重的酒精依赖症患者。渡边垂着头，默不作声，室内只有咖啡壶中喷出的蒸气声在回响。

"渡边老哥！要不要接受挑战呢？"

年轻人缓缓吐出一句。从语气中听得出来，他对渡边拥有某种程度的支配权。

"就一局决胜负吧！省得麻烦……"

渡边回答他后，走向店内后头推开一扇暗门，从那儿步下楼梯。邦彦这才明白桌球房就设在地下室，不禁有些后悔听了政夫的话跟来凑这场热闹，但还是跟在众人之后，不太情愿地下了楼梯。

在四面皆是水泥墙的狭窄地下室正中央，摆着一张球台，天花板上吊着一盏光秃秃的电灯泡。政夫从随身携带的皮箱中取出分解成三节的专属球杆，不慌不忙地将其组合在一起。年轻人按下墙壁上的开关，抽风扇便转动起来，扇叶转动的低鸣声在地下室中扩散开来。

政夫与渡边各将一颗球摆在球台上，同时出杆。政夫的球滚得比较靠近对面的球台垫边，经由这种"比球"的程序，政夫取得先攻权。

邦彦将双手插在裤袋中，坐在圆凳上观看比赛。他是个桌球的门外汉，在他的印象中，"三颗星竞赛"似乎是不容易在短时间内分出胜负的一种规则。

在微暗的地下室中，球台上的绿色绒布显得很抢眼，球和球撞击的声响以及两位参赛者绕台走动的脚步声此起彼落。球台上的两颗白球，好像两只浑身是血的小动物，在灰暗天空下的大草原窜逃，可是不论逃往哪一方向，都会反弹回来触碰红球，一触之后旋又逃离而去。正当邦彦以为两颗白球会全速奔逃之际，不料白球突然动也不动地停了下来。

邦彦盯着三颗象牙球直瞧，感到有一丝寒气从水泥地板蹿升上来，那名年轻人口吐出的烟雾化成若干条白线，朝着抽风扇奔去。

套句武内铁男的话，邦彦觉得自己酷爱从旁观看别人认真从事某一活动时的那种神态。他将视线从球转移到正在拼战的政夫及渡边身上，眼前的景象突然幻化为两年前那寒风飕飕的黄昏，当时他正在运动场边观看一场足球比赛。在夕阳余晖中，踢球时发出的声音、选手的喝叫声以及尖锐的哨子声，夹杂着风声一股脑地钻入他的耳内，整个观众席上只有邦彦一人，显得极其空荡冷清。

从那一天的下午起，住院中的母亲病情便呈现恶化的趋势。那一天正是除夕，凡是轻症患者、无立即恶化之虞的长期住院患者等，皆从院方获得外宿许可，跟着家属回家过年去了。医院中的护士也大多休假回乡探亲，院中仅剩重症患者、无家可归的患者以及不想回家的患者，显得冷冷清清。

在冷清静寂之中，主治医师和护士踩着匆促的步伐频频进出邦彦之母的病房，杂沓的脚步声惊动了彻夜未眠而精神恍惚的邦彦，他茫然地预感到事态的严重。

母亲是因罹患胆囊炎而并发坏疽现象，在此之前便一直闹胸口痛而卧病在床，等送到医院时已经出现腹膜化脓的症状。邦彦原先以为母亲只是微恙，但此时看到母亲因血压骤降而陷于昏迷，不禁慌了手脚。母亲那消瘦的双颊及太阳穴周边的死灰肤色，恰与父亲临终前的状况如出一辙。

"赶快通知至亲好友前来见最后一面吧！"

医师交代邦彦。邦彦应了一声后，摇摇晃晃地步出病房，他最先想到该通知姨妈，再就是住在淡路岛的伯父，但在这关头竟偏偏想不起这两位亲戚的电话号码。

邦彦在医院的门口等候出租车，打算回家找出写有亲戚家电话号码的笔记簿。等了好久也没见一辆出租车，邦彦在腊月寒风中茫然伫立，他用一只手拢紧旧外套的衣领，但灌入领口的冷风仍让他不住打寒噤。正当他想放弃等车而跑步回家之际，一名护士出现在医院门口，边喊着边向他招手。

结果，母亲的临终病榻旁只有邦彦、主治医师和一名年轻的护士在场。

"若早两天送医就好了，唉！"

相貌温文的中年医师说。

"我去通知亲戚，这里就拜托你了。"

邦彦交代了护士，然后离开病房。另一名双手拿着筷子和脱脂棉的护士跟他错身而过进入病房。不知怎么一回事，当邦彦再度回到门口等车时，脑中不断浮现那名护士手上的那两样物品。

等得不耐烦后，邦彦便提起沉重的脚步开始步行，迎向即将消逝的余晖。寒风从他身后扬起一阵沙尘，落在他的脚边，旧报纸和枯叶在风中飘舞。

邦彦不断回头搜寻出租车的踪影，但驶过的出租车皆载有乘客，他的手每次都举了一半便又颓然放下，就这样迎向落日一步一步走去，他感到耳鼻冰冻得有如刀割一般。在高架轨道行驶的电车从路边住户的屋顶上疾驰而过，玻璃车窗上映照出一轮暗红色的夕阳，好似在寒风中飞过天空的一团残烬。

他开始盘算葬礼所需的花费，如今也无力讲究排场和仪式，只能用最简单的方式来埋葬亡母，想到这里，一阵虚脱感猛然涌上心头，令他不由得想找个安静处小歇一会儿。

他来到一处大公园，四周围绕着一片光秃秃的树木，隐约听到里面有些人声传出来。从规模及设施来看，与其说它是公园，毋宁说是运动场。

邦彦踩在铺着碎石的园内步道上，朝着椭圆形的观众台走去。球场上有人在踢足球，一队身穿黑夹克球衣，另一队则是绿夹克，正踢得十分起劲。看起来像是大学的球队，但其中又夹杂着些光头选手，或许也可能是高中的球队。从球员的表情和动作来看，像是一场很认真的球赛。

然而，观众台上连个观众也没有，在这个除夕的傍晚，这些球员在没有观众的球场上进行一场激战。场中有一名中年裁判，嘴里咬着哨子来回奔走。

邦彦在观众席上坐了下来，竖起了外套的领子，将脸埋在当中。风在椭圆形的观众台上卷舞着，令他看不清楚到底是黑衫队还是绿衫队领先，也分辨不清球赛将在何时结束，只知道两队争战得十分激烈，简直近于打群架，场中不时出现犯规的动作。

有球员在贴身缠斗中摔倒，立即又起身怒视对方球员，球在球员脚下等待裁判的裁决。裁判的哨音不时响起，总算维持住场上的秩序，混乱的球赛在夕照下的枯草地持续进行着。

"你跟他们是一伙吗？"

邦彦闻声抬头一望，只见身旁站了一名牵着狗的老人。老人脖子围着围巾，身穿棕黄色皮外衣，手上挂着一根拐杖。

"这个嘛……"

邦彦含糊其词地回答，并伸手抚摸那条看起来很温驯的小杂种狗的背部。

"岁月真是不饶人啊！"

老人边眺望着场上的球员边喃喃说道。

"从十二三岁到二十一二岁的青春年代，不论做什么都不当一回事呢！"

寒风将老人的话语吹得有些零落，令邦彦一时之间分辨不清话中含意。

"在二十五岁之前，我也像他们那般生龙活虎，但从那时起就渐渐不行了。"

"啊……"

"我在孩童时期的身子骨较差，但在年轻时也还不输人，年轻真是不可思议啊！"

"嗯，大概是吧！"

"哪管是除夕还是元旦，也不论下雨或降霜，当时可说是完完全全沉迷在踢球当中呢！"

对面观众台的上方摆着三颗球，在夕照下，拖得长长的球影穿过场中，落在邦彦和老人所在的地方，甚至穿过邦彦身后向远处延伸。尽管有强风在吹，那影子却不摇不晃地呈一直线，令邦彦颇觉不可思议。

只要球保持不动，球的影子自然不会晃动，邦彦好像今天才发现这一物理定律似的盯着三道影子瞧。只要有光源的存在，纵使是强风也罢、寒气也罢，绝对无法令人类的斗志和影子消失，领悟到这一道理的邦彦用手抚摸着狗的头顶，同时仰头望着老人的脸孔。老人的脸孔恰似小时候常见的腹语术表演中的人偶面孔，两者的共同特征是说话时嘴部特殊的开合动作。

"中年后的身体变差了，原本以为活不长寿，没想到竟然活到了这把岁数……人的寿命真是不可思议啊！"

"可是老先生的身体看起来相当健康嘛！"

"嗯，那只是表面而已。我喜欢养狗，每养一条狗，我都会想到自己可能比狗先离开世间。每次都是这么想着，不料现在这条狗已经是我养过的第五条了。"

老人用手拉着狗的颈圈，接着又说：

"活了这一大把岁数后，有时不免想到宁可少活几年，只求能拥有年轻人的那股活力，可惜天不从人愿！"

老人用无限憧憬的眼神望着在球场中奔驰的年轻球员。随着夕阳西沉，那三道长长的球影逐渐变得模糊，未几便和球场中的草皮融为一色。然而，球赛仍在继续进行，哨音随着寒风一起吹抵邦彦的耳朵与脸颊。

老人说了一声告辞，轻轻向邦彦点点头便牵着狗离去。

在老人离去后，邦彦依然纹丝不动地坐着，将视线投向越来越漆黑的球场中。虽然脚趾和膝头冻得发痛，但他无意起身，身体不住地颤抖。不经意地转头一看，发现身旁有一本掉落的笔记簿，或许是刚才那老人所有之物，或许是他人之物。他拾起那本皮封面的笔记簿，起身离开运动场走到外头。

到了外面马路上，邦彦举目四望，但没发现老人的踪影。他将笔记簿塞入外套口袋，伫立在原地等候出租车，此时在路上疾驰的车子都已亮起车灯。他一面搜寻空出租车，一面摸出笔记簿随手翻阅。笔记簿内写满了密密麻麻的数字和文字，但没有有关物主的任何线索。

搭上出租车之后，邦彦又取出笔记簿翻阅。这是一本有几分像是日记的簿子，内中不时出现有关个人心情和感想的记载，从字体上来判断，邦彦认为应该是那位老人之物，但又觉得这一猜测似乎无凭无据。与其对这本与自己无关的笔记簿妄加揣测，他觉得自己倒不如将心思摆在家里那一本记载着亲戚家电话号码的簿子上头。

尽管心里这样想，邦彦仍然借着车内微明的光线，继续阅读这本可能是老人所有的笔记簿。内中载着"某日与K一道吃饭，对方不停吐苦水，其实他该将心思多放在工作上……"。

下一个日期的内容是"与S及P见面，对方一直说些感谢照顾的话……"。全本的内容几乎皆是采用这种类似备忘录的日记体裁加以记载，其中唯一一段用红色圆珠笔记载的内容特别吸引邦彦的视线，那是像诗又像随手涂写的一段文字。

搭船而去
出生地既不同
心思也各异的
数千个"我"
搭乘同船
随流而去

邦彦反复将这段文字念了三遍。到底是著名诗人之作，抑或老人之作，甚或是无关紧要的他人之作，邦彦完全说不上来，但对最后两行的"搭乘同船随流而去"感到心有戚戚焉。

仿佛自己现在正跟着母亲随波逐流要去某地，虽然母亲的遗体在医院中，但感觉上似乎母亲和自己共同乘坐在车内，正往某地而去。然而，他心知自己已成孤单一人，正随流而去、随流而去⋯⋯

等回过神来，眼前出现的却是渡边打球的姿态。看似软弱无力的白球极薄地擦撞到红球，令邦彦叹为观止。

邦彦将视线从球台转移到渡边的脸上，仔细瞧看之下，他忆起方才政夫若有深意的那句话。与自己有几分神似的这名职业桌球高手虽然一副全神贯注的表情，但从那虚无又带有几分自暴自弃的眼光中，邦彦感受到一丝死亡的阴影。他隐约觉得此人注定短命，一丝不安没来由地自心底升起。

就在此时，渡边的表情由认真转为懊恼，因为他在紧要关头失误，将胜负的关键拱手让给了政夫。政夫深深吸了一口气，拿起粉块涂擦着球杆头，接着陷入一阵思考，最后下定决心摆出了击球姿势，出杆之后，白球先擦撞了红球，接着连续三颗星再击中另一颗白球。渡边见状后面无表情地将自己的球杆丢掷在球台上。

"这一局是练习赛，正式比赛从现在才开始!"

年轻人抓住政夫的球杆，用威胁的口气说道。

"他妈的！是我输了，你别耍那种卑鄙的手段！"

渡边支开年轻人，然后拾级而上。

"你把钱给他吧！"

渡边回头交代了一句。年轻人这才不情不愿地从胸前口袋掏出钞票，而政夫则伸出微颤的手接过钞票，还用手数次擦拭苍白的脸颊。

邦彦偕政夫上了楼梯，正要踏出大门时，渡边跟了上来，边走边说：

"我心里有一种感觉，大概往后再也不可能赢你了。"

接着又问：

"你到底是什么时候变得这么厉害的呢？"

政夫咧嘴笑笑却未作答。渡边转动着脖子及手腕，薄唇上闪动着濡湿的光芒。

在明亮的阳光照射下，渡边的表情并无沮丧之色，也没有职业胜负师该有的那种野性活力，只是那微眯着的眼中似乎隐藏着一抹惨败后的气馁。

"是你的老爸将你调教出来的吗？"

"我的老爸从来不曾跟我打过一次桌球。"

"那真是太可惜了！你老爸的球技无人能及呢！"

渡边在御堂街跟二人分手，临去时问邦彦：

"老弟，我们是不是在哪里见过面？"

"没有啊！今天是初次见面……"

"嗯，老弟，你以前在京都的三条通住过吗？"

"不，我没有！"

渡边未再追问，盯着邦彦的脸瞧了一会，不好意思地笑了笑，然后径自朝北离去。

"去看脱衣舞好吗？我请客！阿邦，你一定没看过吧？"

对于政夫的邀请，邦彦含糊其词地应了一声，眼光却飘向渡边那渐行渐远的背影。等那身影消失后，邦彦在脑海中一直拼凑不出渡边耕三的完整容貌。

"阿政，从现在起你就是大阪第一高手了！"

政夫有些怅然地回答：

"唉……是他的技术退步了。"

# 2

客人一阵子地拥来，然后就像说好了似的一哄而散，河川咖啡店又恢复了安静的气氛。

从傍晚开始落下的雨逐渐加剧。有一些醉汉在街上歪歪斜斜地走着，霓虹灯光落到地面积水处，将宗右卫门町的街面装点出五颜六色。一些撑伞送客人搭乘出租车的酒吧小姐都用手撩高裙摆。

"今晚也差不多该打烊了。"

武内铁男瞄着腕表喃喃说道。现在才过八点而已。武内从靠河的玻璃窗眺望着雨中的道顿堀。到处林立的巨大霓虹灯招牌散发出五彩光芒，笼罩着整个南区的街道。他嘴上叼着烟，眼睛直盯着对岸，似乎并非在眺望夜晚的街景。

"这样看过去可真美啊！"

"什么东西？"

邦彦在柜台内边洗杯盘边问道。

"霓虹灯嘛!"

"霓虹灯那样美吗?"

"雨中的霓虹灯这样才美,这是我的感觉。阿邦,你过来瞧瞧!"

武内将视线转移至道顿堀川,五彩霓虹灯光仿佛随着飘落的雨水注入了河里,在这瞬间,他猛然想起自己居然在这块土地上住了将近四十年。往昔的道顿堀似乎显得较温馨,四周经常是热闹的人群,让他寒冷的身躯感受到一些暖意,纵然他当时过的是一种无赖汉的生活,但在这块土地上却感到自由自在。

不知什么时候,邦彦已经站在自己身旁,默默地眺望着外头的霓虹灯,武内望着身边这个孤单而略微瘦削的年轻人,内心涌现一阵激动。两年前,这个年轻人突然出现在自己的面前,不知不觉中,竟然成了河川咖啡店中不可或缺的人物。

与武内相较,邦彦泡的咖啡更具风味,最不可思议的是带有一种吸引老顾客的温情味。虽然是个年仅二十一岁的年轻人,但待人接物相当老成,早已成为武内最爱的谈天对象。邦彦有过一段艰辛的过往岁月,而这种艰辛岁月的烙痕让武内萌生一种近乎怜惜的亲情。

武内听人说过,孤儿很难在好公司中谋得一职,所以早已打定主意,万一邦彦求职不顺遂,那么就让他继续留在店里工作，等适当的时机到来后，再资助他开一家自己的店。

"从那座桥的正中央到咱们的店里，你总是用五十一到五十三步走完呢！"

邦彦戏谑地笑道。

"那又是怎么一回事？"

武内问道，等听完邦彦的说明后，不禁露出苦笑。

邦彦又说出一桩巧事：

"上次看到政夫从桥上走过来，我同样好奇地数了一下，结果还是五十二步。虽然政夫的个子比你矮得多……到底是亲父子，有些地方果然像得很，真奇妙啊！"

在某些小动作上，父子或母女的确会有出奇相像的情况，武内也曾在别的父子或母女身上发现这现象。武内不由得想到，或许政夫避开积水处、钻过人群及朝向目的地前进的方式等都跟自己酷似吧！

武内正张口想要说话之际，忽然听到店门口传来小孩的哭声。原本以为是雨声，等竖耳一听，确定那是小孩的哭声无误，而且就在门口。

俩人往门口探头一望，只见一个全身湿淋淋的五六岁男童在哭泣。男童的样子像是迷了路，只见他慌张地四下张望，接着朝向心斋桥街跑了两三步又停下来，然后转身又跑回到店门前，不停地徘徊。

邦彦推开门，走到大雨倾盆的街道上。武内则从门后探出半个身子望着男童。男童发上的水滴，映照着霓虹灯的色彩。

"小朋友，怎么了？"

邦彦将手搭在男童的双肩上问道。男童仰头望着邦彦，一个劲地哭泣而不答话，瘦小的身子不停地颤抖着，但在武内的眼中，似乎不是因雨淋而引起的寒战。

"好像是迷路的小孩呢！"

邦彦转头向武内的方向喊道。

"小朋友，你从哪里来的？是那个方向吗？"

武内指着宗右卫门町大街的东边问道。男童点点头。

"伯伯带你去找爸妈，我们从你来的方向找起吧！"

太左卫门桥旁有一处派出所，武内打算若找不到男童的双亲，便将他交给派出所处理。

他撑着雨伞出来，帮邦彦和男童遮雨，三人一道沿着宗右卫门町大街向前走。在太左卫门桥畔围了一群人，一些行人和附近酒吧的酒保正探头往派出所里面瞧看。桥的前面围着一条挂有"禁止通行"的绳子，有几名披着雨衣的警官在桥的中央走动，桥上似乎有一个倒卧在地的人影。远处响起警报笛声，一辆救护车从宗右卫门町大街的东边疾驶而来，在派出所的旁边停了下来。从附近的商店和巷道内拥出一群看热闹的观众。

武内瞧见一个相识的厨师，便问他究竟发生何事。年轻的厨师指着派出所内一名状似工人的男子，用亢奋的语气答道：

"那个男人用石头砸了女人的脸部。"

"你亲眼瞧见了吗？"

"那当然！女人在前面逃，那家伙一路追到这里，发疯似的拿石头砸女人呢！"

厨师一看到邦彦手中牵着的男童，立即大声向警官呼叫：

"就是这个小孩！这小孩好像是那女人的孩子啦！"

男童怯生生地往后挪身子，令武内感到情绪一阵低落。一名年轻警官跑到男童的身前，邦彦向他说明自己带男童来此的经过，此时，那名上半身血迹斑斑的年轻女人正被抬向救护车。

"小朋友，她是你的妈妈吗？"

警官问道。男童表情僵硬地一直挣扎，但终于被警官抱起来带往派出所，男童离去时还回头直望着武内。

工人模样的男人大概是男童的父亲，这男人用石头殴打自己的老婆，使她伤势严重到有性命之忧，自己则是一副醉醺醺的模样，却又还能挺直背部端坐着。他睁开蒙眬的醉眼，嘴角流着口水，左右摇摆着脖子，而被铐上手铐的一只手则紧握着微颤的拳头。有人将男童的衣服脱下，将他包裹在毯子中。被健壮的年轻警官抱在怀中的男童一直凝视着武内。

"老板，店门还开着呢！"

邦彦的话让武内抬脚往回走。救护车鸣响着警报器全速离开现场。

"真是个讨厌的夜晚……"

武内边嘟囔边拉下店面的卷帘门。他将店内一半的灯关熄，然后疲倦地坐在椅子上叹息，脑中一直浮现男童离去时望着自己的那种眼神。

"当人们在犯下无法挽回之大错的瞬间，究竟心里是怎么想的？"

武内歪着头喃喃道，接着在心底自言自语：

"说到无可挽回之大错，其实自己好像也犯了不少呢！"

他感觉到，在铸成一连串大错后，自己的短暂一生似乎也即将接近尽头。

卷帘门拉下后的店内显得冷清沉寂，加上雨天的关系，附近一片悄然，偶尔传来的醉汉、酒吧女郎的话声清晰可闻。邦彦也因方才的事件而闷闷不乐，默默地动手清扫店内。

武内说声"今晚咱们喝两杯吧"，然后取出威士忌及酒杯置于桌上。俩人默默地啜饮着，隔一会儿，邦彦才打破沉默说：

"今天让政夫请了一顿午餐，好像他从伦敦的老板那儿赢了不少钱。"

"哎……这小子究竟想混到什么时候呢？"

武内一面蹙眉说道，一面将水掺入杯中的纯威士忌。

“我听红白的老板提过，说你以前是桌球名人，真的吗？”

“我也不晓得算不算名人，不过在战后的某段时间，我的确是靠桌球吃饭。”

“是全日本的第一名吗？”

“没错！赌金之大确实是全日本的第一名。”

“嗯，红白的老板也称赞政夫的技术，说以他的年纪来说可算顶厉害的啦！”

武内张嘴想说什么似的，但话到嘴边又打住了。

终战那年，武内铁男正在菲律宾服役，直到昭和二十一年（一九四六年）才被遣送回日本。返国后，他暂时在神户的新开发区做些黑市买卖，后来遇到旧日伙伴，在对方的力邀下回到道顿堀。

当时的大阪是疮痍满目的战后景象，只有御堂街旁残存着一些砖楼，其余皆是断垣残壁。然而，没多久便有简陋的木板屋在四处搭盖起来，幸存者凭着不可思议的求生意志在荒芜中重建家园，而道顿堀一带很快便聚集了大群怀着梦想、欲望及野心的各路人马。

黑市中人满为患，食物的香味、热气夹杂着此起彼落的叫卖声，任何一个小吃摊子上都挤满了人潮。很多人只要闻到食物的味道或看到锅子往上冒的热气，不管三七二十一就凑上前去。

武内和伙伴在千日前的一隅搭盖了一间木板屋，从熟人那儿批发了一堆内衣、日用品及奇形怪状的皮鞋等，做起了小本买卖。

就在那时，武内结识了一个女人，这女人比武内小三岁，是个在战争中丧夫的寡妇。这女人相当爽朗，身上还残余着几分少女的娇态，令一向只识泼妇、浪女的武内为之倾倒。女人经常来到武内的店内，但并非为了采买日用品，因为她大都什么也没买就又离去，充其量只是问问各种货品的价格，然后便消失在人群中。

有一天，女人照旧来问了价格后就离去，武内瞒着伙伴将那件货品包起来，随后追上了女人。女人沿着道顿堀街行走，察觉到武内在身后追赶，便停下了脚步。

"这个请你拿着吧！"

武内边说边将纸包塞在女人的手中。女人似乎晓得武内的心意，红着脸问：

"干吗？"

武内不答话，径自从衬衫口袋中掏出一包洋烟，取出一支叼在嘴上。

"今天真是好天气啊！"

"可是风很冷……"

"嗯，风虽冷，还算好天气。"

武内这时才注意到这小个子女人竟然有一副丰满身材，不禁多聊了些话。

"你大概已经忘了死去的丈夫吧？"

女人望着武内嘴上的香烟，歪着头微笑，露出一副不解话意的神情，娇媚的风韵中带着一丝慧黠。武内心神为之一荡，等回过神来，眼前站着的却明明是一个用双手抱着纸袋的纯情少女。

武内心知，尽管这女人只跟丈夫过了三周的夫妻生活，但已经不是懵懂的黄花闺女，自己也不必拐弯抹角，而女人似乎也向自己散发出这一讯息。

"如果在我的店内看到什么中意的物品，你尽管拿去无妨！"

武内又问了女人的姓名。

"我的名字是市川铃子，但打算改回原来的须贺铃子。"

"改回原名吗？"

"我没有孩子，跟亡夫虽有夫妇之名，但也仅共度了约二十天的夫妇生活，如今新时代已经来临，他们都劝我最好重新出发。"

"他们是谁？"

"娘家的人和夫家的人嘛！他们的看法都一致。"

"没错！这样比较好。再怎么说，新时代确实来临了。"

武内在心中反复咀嚼新时代这字眼，虽然不太明白它的意义，但既然新时代已经来临，应该是个赚钱的好机会。这一光明远景让武内不禁脱口说：

"我喜欢你……从第一眼就喜欢上了。"

话一出口，武内就感到炽烈的情欲在体内澎湃，似乎连眼睛都喷出欲火来了。为了掩饰自己的不洁念头，他硬生生地从铃子的身体上收回视线，朝着道路两旁林立的木板屋眺望。冬日的阳光洒落在生锈的白铁皮屋顶，在一间贩卖羹汤类食品的店门前，残留着一大摊客人倒在地上的残羹，兀自散发出恶臭。

铃子盯着武内直瞧，对于武内突如其来的求爱话语，既未感到特别惊讶，也没有扭怩害羞的样子。反倒是武内有些不好意思地没话找话说：

"不晓得以后在此地还能不能看到电影呢！"

以前在这附近有一间大型电影院，但在空袭中遭焚毁，如今只剩残骸。

"这个嘛……很难说吧！"

以往在货品杂陈的店内，武内从未注意到铃子居然如此性感。铃子的身高仅及于武内的肩膀，眼睛周围有些浮肿，脸上带着疲累与憔悴的神情，但那微凸的下唇却使得她散发出一种妖媚气息。

武内原打算拿些化妆品给铃子，但又想到她的脸似乎不适合涂红抹白，因此便打消了念头，仅仅强调一句：

"我是当真的，不是跟你闹着玩。"

铃子带着不置可否的表情，默默凝视着武内。

此后，俩人便在电影院的旧址有过几次约会，有时去吃真正砂糖馅的善哉饼，有时则去逛逛那些贩卖奶油、牛肉罐头等美军物资的商店。

武内用赚得的钱购买铃子所要求的一切物品，让她带回娘家孝敬父母。当然，在这种情况下，铃子也必须满足武内的需求。

武内在天王寺附近找了一间房子，和铃子过着同居生活，直到两年后，俩人才成为户籍上的真正夫妻。在这期间，武内拼命工作赚钱，成了铃子全家的衣食父母。

每当俩人亲热过后，铃子总是习惯裸体起身，慵懒地侧坐在一旁，用媚眼瞧着武内，铃子这种歪坐着的姿态是武内的最爱。武内每次都会忍不住用食指抚弄铃子微张的嘴唇，不一会儿便又感到心头欲火如焚。武内早先也有过几个女人，但遇见铃子之后才初次领会到女体的魅力。虽然他深爱着铃子，但是始终摸不清她的底细。

"每次跟你亲热，都没感到什么乐趣！"

有一晚，铃子突然冒出一句，然后赌气似的翻了个身子，过半晌又开口说：

"我原以为夫妻亲热会更有情趣才是呢！"

"难道你以前的丈夫在这方面那么厉害吗？"

武内听了铃子的埋怨，不禁既惊且愧，望着黑暗中的铃子问道。铃子弯曲着身子，随手摸来内裤打算穿上，光溜溜的屁股在武内的腹部来回摩擦了好几次。从窗缝透入的月光照在铃子的圆臀上，勾勒出一个看起来像是人面的影子。武内怔怔地凝视着这个人面影子。

"你以前的丈夫是你的第一个男人吧？"

"那当然是！我可不是那种淫荡的女人，而跟他也只不过当了二十天的夫妻。"

武内伸出手掌抚摸着铃子的臀部，同时遮去人面影子，他感到一丝寒意由心底升起。

"只有二十天，他又能教会你什么闺房情趣呢？"

"反正教会我的人……绝不是你。"

铃子转过身来面向武内，哼声说道。她的内裤卷成一团地挂在脚踝上，而整个躯体则直往武内身上蹭。

"人家的体内还有一团火在烧呢……你不帮我消火，我可不依！"

撒娇的声音中夹杂着些许羞意，等武内将她抱过来骑在自己身上时，她立即张开了双腿。武内涌起了一种幸福的感觉，但同时也隐伏着一丝不安。他发现眼前这女人是一团足以令任何男人销魂的烈火，然而他竟没把握自己能招架得住。

武内一面用双手抚摸着骑在自己身上不停摇摆的铃子，一面惊觉到刚才所见那一人面影子赫然就是铃子的面容，不由得联想到铃子的体内有一个淫娃魔女正在窃笑。他用双掌托住铃子的脸颊使之上仰，然后凝视着这一张紧闭双眼销魂蚀骨般的面孔。

"你再多露出一些媚态，这样你就会获得更多官能满足了。"

武内轻声说。原本他并不是要说这句话，但因为感觉到铃子即将泄身，不知不觉脱口说出这么一句话。他觉得自己再也离不开铃子，以目前的体能大概也还能应付妻子的欲求，然而不知什么缘故，先前那种冰冷的感觉又再度浮上心头，那是一种未曾有过的无名孤独感。

不久后，武内便离开伙伴，在千日前自行开了一家杂货店。那是个物资匮乏的时代，所以只要是能卖的物品，他无不尽力搜购来卖。

铃子很勤快，从早到晚都待在店里，忙着应付上门的顾客，随着买卖窍门的长进，整个人似乎变得越来越年轻。在女性顾客面前，她流露出勤快又亲切的老板娘风度，而在男性顾客，尤其是年轻的熟客面前，则露出一种不经意的狐媚风情。正因为这种狐媚风情是出自她的天性而非刻意做作，所以才让武内不时感到惴惴难安。

有些男性顾客更是冲着铃子而来，趁着武内不注意时，偷摸铃子的腰部或臀部一把。铃子为此也曾怒容以对，但表情之中却仿佛含有一些默许纵容的意味，以致让武内几度发火而加以掌掴。

"你干吗打我？"

铃子边捂着红肿的脸颊，边哭着连声骂道：

"你只会打我，有种为什么不去揍那些吃我豆腐的顾客？"

"你的举止就像是妓女、酒家女，难道不知羞耻吗？都是你不好，那种表情分明就是希望男人摸你嘛！"

"希望男人摸我？我才没露出那种表情呢!"

不久，铃子便掌握了让武内消气的诀窍，那便是歪着头用腻人的撒娇声音说：

"你啊，就是爱胡乱吃醋……"

在这一瞬间，她那半边脸颊看起来就像十二三岁少女那般纯洁，同时总不忘固定加上一句：

"其实你自己也知道人家有多喜欢你嘛……"

这种嗲声嗲语总让武内联想到她在床笫间的呻吟，不知不觉中竟然喜爱上她的这种娇声笑骂，明明是满腔怒火，偏偏一下子就消散得无影无踪。每次发怒的原因皆相同，而铃子应付的手法也成了固定模式，最后的结果则是让铃子又享受了一次鱼水之欢。

昭和二十三年（一九四八年）时，俩人有了政夫这一爱情结晶。由于铃子的双亲坚持不肯让长孙成为私生子，于是俩人便举行了一场简单的婚礼，成为户籍上的正式夫妻。婚后不久，铃子的父亲便亡故，隔些时候，体弱的母亲亦撒手尘寰。

之后不久，一名来历不明的算命师便闯进了夫妻俩的生命中，这个算命师除了替人卜卦算命之外，其余的时间都在画画，而且画的都是同一海景。

算命师的外表看起来比武内要年轻一些，实际上却是比武内大三岁，算起来是三十二岁，脸孔瘦削露骨，但阴沉的双眼常常射出慑人的光。在那满是补丁的灯芯绒外衣口袋中，装着用红布郑重其事包起来的算木（由六根四方棱木组成的占卜用具）和卜签（五十支竹签）。这男人一贯拎着内装颜料的手制木箱和写生簿，坐在从千日前到太左卫门桥之间的路旁等候客人上门。

只要赚够一日的生活费，这名算命师便收摊，然后前去武内的店里。此人最初自称姓名叫杉山元，后来又改口说是杉山元一，姓虽相同，但每次所说的名字皆不一致，有时是元一郎，有时则是元太郎。武内因此认为此人的名字虽是胡诌，但姓氏大概是真的。

杉山每天都来报到，图的是喝一杯武内为熟人准备的私房烧酒。杉山绝口不提自己的故乡、家人、目前的居所。但这也无足为奇，因为在终战不久之后的道顿堀，像他这样饥饿而茫然度日的人比比皆是。

然而，在成群的无赖汉之中，杉山有两项特点显得格外突出，一是他的算命准确度极高，一是他凭靠着桥上栏杆全神专注画海景的姿态。也不知他从哪里弄来那些当时极不易到手的颜料，只见他专心地画绿色的海，偶尔眺望一下道顿堀川的暗灰色河面，然后在写生簿上画出明亮的海洋景色。奇怪的是他所画的海永远是绿色，原因并非他没有其他色彩的颜料，而是似乎他有意地只用绿色颜料。画天空、船、人、树时，他会分别选用不同色的颜料，唯独画海洋时必定用绿色，而在那明亮温暖的色调背后，却隐藏着慑人的寒意。

武内对绘画是一窍不通，根本说不出杉山所画的海景是好是坏，但他能看出画者具有一种令人魅惑的魔力，正因如此，他才认为杉山是个怪里怪气的男人。

"既然是画海，怎么不去海边画呢？在道顿堀的黑市中画海，不是有些奇怪吗？"

有一天，武内忍不住问杉山。杉山那瘦削的脸颊微微抽搐了一下，盯着杯中的烧酒答道：

"我画的不是海……是芸芸众生！"

"……"

武内不禁愕然，望着杉山的背影呆了半晌。突然，他想起对方算命精准的传闻，不由得冒出让对方替自己一家算命的念头，于是半开玩笑地说了出来。

"你想替全家算什么命呢？"

"算今后的命运啊！比如我今后的人生，还有我的老婆跟小孩的。你能算出来这些事吗？就用两杯烧酒当卜金如何？"

杉山从口袋中取出算木，一本正经地排起来，然后用双掌搓搓卜签，再一支一支取出，排在桌上，同时将算木忽而转过来，忽而翻过去。

"我替人算命可不会专挑好话说的。"

"啊，没关系！请实话实说吧！"

"你在金钱上没什么忧愁，年纪稍长之后会趋于安定，但是会遭逢一家离散之难。"

"啊……离散？"

"就是家人分离四散。"

"我老婆也一样吗？"

"当然是一样的。因为只有宿命相同的男女才会结成
夫妻。"

"那么孩子呢？"

闻言后，杉山将算木恢复原来的排列，再用双手搓一
搓卜签，接着重复一次刚才的步骤，然后说：

"他适合当生意人。"

语毕，便用手托着下巴，露出茫然的眼神，然后将杯
中残酒一口饮尽。接着他将占卜用具收入袋中，边用眼角
瞄向心情紊乱的武内，边起身喃喃说：

"我的烧酒暂且寄放着，明天再来喝。"

说完便径自离去。

武内并不太担心什么一家离散、儿子适合当生意人的
这一占卜结果，倒是念念不忘那一句"只有宿命相同的男
女才会结成夫妻"。这句话不啻意味着，男女不是因为结成
夫妻后才拥有相同的命运，而是早就命中注定。

在算命那天，武内一整天都在反复思索这句话，到
底此话是真是假？真的只有宿命相同的男女才会结成夫妻
吗？但是在事隔半年之后他才明白，杉山不经意说出的这
句话，竟然演变成一连串的事件。

战前的老店铺再度陆续回到道顿堀、心斋桥街一带开

业。靠黑市买卖、新兴事业暴富的中国台湾人和朝鲜人等，也开始在这里开起店面。迈入昭和二十四年（一九四九年）后，南区各街道便急速恢复了昔日的繁华风貌。

虽然那是个未来难测的年代，但日本各地已涌起一股复兴的活力，武内也感觉到自己受到这股活力的驱策。他有妻有儿，而且生意又开始顺利好转，在这混乱、虚无的脱序时代中，总算抓到一线生存的希望。

此时在道顿堀及千日前，新开了几间桌球房。武内铁男从十二岁起便学得一身桌球好本事，在战前和战中，曾以"旋球阿铁"的绰号而闻名于神户、京都一带，但解甲归田后金盆洗手，当起毫不相干的杂货店老板。他原本无意再握球杆，但听闻到日益兴盛的桌球界消息后，又起了一股下场当消遣玩一玩的冲动，所以偷空到一间桌球房瞧看情况。

若干状似暴发户和新兴实业家的男人正围在球台边，光明正大地赌起桌球。有的人赌"四球点数竞赛"，有的人赌花式桌球中最容易分出胜负的"八号球竞赛"，而这些人的技术简直让武内不忍卒睹。

有一天，武内从路旁往桌球房中窥探之际，突然有人从背后拍了拍他的肩膀，回头一看，原来是昔日和他同样是桌球党中的一位旧友。此人名叫吉冈，肩上少了一只右臂，看样子是在战场上弄成这副模样的。

"哦，原来你还活着！"

俩人不约而同地说出同一句话，互相叙旧一会儿后，吉冈探头望一下桌球房，说道：

"如今的赌金胜过从前，我这模样已经无法打球了，但还能替你牵线赚大钱，如何？要不要来场大的？"

先让对方赢两三局尝些甜头，让其兴致勃勃地逐渐提高赌金，最后才假装侥幸险胜对手，这便是桌球党中扮猪吃老虎的手法。

那一天，武内便在桌球房中赢了相当于杂货店五个月收益的赌金，此后，他便瞒着铃子不时到桌球房赚外快。他和吉冈的搭档一直持续了将近十年，然后才洗手归隐，而吉冈也靠此赚了钱，并在千日前街的后巷里开起一间名为"红白"的桌球房。

然而，铃子不久便发现武内沉迷于打球赌钱一事，她用难以置信的口吻对丈夫说：

"原来你是这么个放荡的男人，还一直瞒着我呢！"

但是她的神情里似乎没有忧心的样子。既然东窗事发，武内也就光明正大地整天窝在桌球房。

杂货店的经营全交由铃子一肩挑，武内虽感到有些内疚，但仍然日夜泡在桌球房中打球，金钱并非他唯一的目的，他更想让自己的球技达到登峰造极，尤其是在他遇上一位胜过自己的高手之后，那是一名满头整齐白发、操东京口音的老人。武内曾多次向老人挑战，却从未赢过一次。

每到傍晚时刻，老人便带着一位年约二十岁的年轻女人来和武内打球。年轻女人的脸上总是涂着浓妆，一听到老人用温柔但有些苍凉的语调说"水""毛巾""有些口渴了"等，便勤快地为他张罗。老人则脸上挂着微笑继续与武内比赛，那手精确的做球功夫每次都能让武内败得灰头土脸。

"若能胜过我，你就是全日本第一高手了。"

老人说道。

"要如何才能成为比你强的高手呢？"

"跟我比赛一千局，不是打着玩，必须是高赌金的比赛，否则就没效果。"

武内一心想练成能胜过老人的绝技，别说是一千局，就是两千局他也肯奉陪。然而不久之后，老人的身影便从道顿堀消失了，不仅是老人，连铃子也带着年仅两岁的政夫消失得无影无踪。

铃子卷跑了杂货店的营收及全部的积蓄，连一块钱也没留给武内。武内原以为铃子是讨厌他打球而演出这么一场戏，起先并不在意，但到处探听之后，皆找不到铃子的下落。

随着日子一天天过去，武内才发觉事态严重而慌了手脚。正当他打算报警寻妻之际，突然听到一则有关铃子的传闻，那是有人说曾在大阪火车站见到抱着小孩的铃子，旁边站着杉山。老搭档吉冈随即将这则传闻告知武内，吉冈还说，据闻铃子和杉山老早就暗通款曲了。

"杉山？是那个算命师杉山吗？"

"没错！就是那个整天画古怪图画的杉山！"

武内觉得有些难以置信，但千日前一带的邻居却早就私下议论纷纷。武内便跑去问在隔壁开旧衣铺的大妈，大妈顾虑到武内的面子，不肯明明白白地说出实情，最后拗不过才露出了口风。

"是从什么时候开始的呢？"

"这个嘛，我也不太清楚，我想大概是从去年的春天开始的吧……因为从那时起，俩人之间就好像有些暧昧。"

"怎么看得出俩人有暧昧？"

"看得出俩人在眉目传情嘛！"

大妈接着又以揶揄的口气说出露骨的话：

"阿铁，当你整天沉迷于桌球的时候，阿铃也正跟野男人玩戳杆进洞游戏呢！"

大妈还说连政夫都跟杉山混得斯熟，最后又说：

"阿铃不会回来了。她不是闹着玩，而是带着小孩跟野男人跑了。可是那个野男人又比你不中用多了，也真不晓得她是怎么想的。"

武内返家后便关上店门，茫然地漫步于人群中。在路上遇到迎面而来的吉冈。俩人不发一语，武内继续茫然走着，吉冈也默默离去。

一停下来，脚便颤抖发软，所以武内双手插在外衣口袋中，漫无目标地直往前走，直到走累了，才随便找了一间小酒馆喝起酒来。虽然借酒浇愁，但脑子仍静不下来，一想到杉山便有气，又恨铃子没出息，竟然会姘上那个来历不明像乞丐般的阴沉男人……

武内一连许多天都以酒代饭，偏偏又喝不醉。大约经过两星期，他坐在一间小饭馆里，突然感觉到有一位正在扒饭的年轻姑娘不时瞄着他。武内用手猛抓一下头皮，似乎想唤醒这些天来一直迟钝不堪的意识，然后瞄向姑娘瞧个究竟，这才发现原来她是那个他一次也没打赢过然后就销声匿迹的老人身边的姑娘。

武内从椅子上起身，走到姑娘身旁开口说：

"好久不见了，那位老先生怎么了？"

"武内大哥，请我吃些东西好吗？"

姑娘用无精打采的眼神望着武内。

"你不是刚吃完一碗盖饭吗？肚子还饿吗？"

"我想吃甜食嘛！"

"甜食？"

"是啊！想得快流口水了。"

"那位老先生怎么了？"

"他死了。"

姑娘掏出饭钱置于桌上，看起来似乎是她仅剩的财产，然后笑着对武内小声说道：

"我现在是一文不名了。"

挂着笑意的脸上浮现出酒窝，流露出少女的气息。于是武内带她到法善寺旁一条巷子中的善哉饼店，吃完善哉饼后，姑娘又说已经几天没洗澡，想去洗澡。

从难波到大国町的沿路上只有一间澡堂，所以武内偕姑娘沿着冷清的街道前往那里。在路上，姑娘没头没脑地将老先生的一些事情告诉武内，而实际上她也不清楚老先生的来历，她自己是在神户的元町流浪时被老先生收留的。

"老先生夸赞你是个天才呢！"

"天才？"

"他说没看过像你这样的桌球好手，还说你以后的成就会远超过他。"

趁着姑娘进澡堂洗浴时，武内在马路上逛来逛去，让脑袋吹吹风，就这样将醉意吹醒，心头也恢复了往日的冷静。

从澡堂出来的姑娘变得漂亮多了，双颊红通通的，但好像怀着些心事一般，在武内眼中，她只是个小女孩。

"你几岁了？"

武内问道。她回答说是十七岁，然后又说想找个地方睡觉。

"你困了吗？"

武内感到有些伤脑筋，最后不得已只好带着她回到千日前的店里。他已经有两星期没回到这里，打开锁进入空无一人的店内时，只见一张明信片从门缝飘落至地面。明信片上是铃子的笔迹，只写着"政夫很健康，对不起，请你原谅"几个字，看邮戳是从天草寄来的。

他关上门，伫立在当场，反复将短函读了数遍。一读到"政夫很健康"的字眼，连自己都有些莫名其妙地觉得心情平静许多。他走到分隔店面和住家的土间，再度凝视着手中明信片，偶一抬头才注意到那姑娘还直愣愣地站在门口，便说：

"你到房里随意找个地方铺床睡觉吧！棉被就在壁橱里。"

他连抽了几支烟，不时又看看那张明信片。姑娘则听话地取出棉被，钻进里头，一下子就睡着了。

近傍晚时，姑娘醒了过来，望着呆坐在客厅的武内问：

"你不去打桌球吗？"

说完话没多久，又自顾自打起鼾声再度睡着了。

等她再次醒来时，已经是晚上十一点多。武内便问起她的名字。

"我叫由贵。"

她答道，然后在武内的面前坐下，恳求似的轻声说：

"今天我洗过澡了，你高兴怎么样都可以。"

看样子是打算用身体偿还武内的花费。武内从一开始便没有淫念，所以笑说：

"特地将身体洗干净了，难道又想要弄脏吗？"

不论是脸型或体型，由贵和铃子都截然不同，但似乎都散发出同一种气息。武内突然想起老人对自己的评语。

"老先生真的说我是个天才吗？"

"真的！还说过好多次呢！"

"那么他是怎么死的？"

"我不清楚啊！我在那天早上发现他死了，后来警察说我是凶嫌，将我带到警察局盘问了好久，结果查出老先生是在睡梦中心跳自然停止的。"

武内想要一个人静一静，便将口袋里的纸钞掏出来，放在由贵的膝上，之后他才发现这些是自己仅剩的全部财产。

由于没有心情再继续经营杂货店，所以唯一的出路便是与吉冈搭档靠打球讨生活。而在此时，他的心底浮起天才这一字眼，为他带来了希望之光。他决定当一名真正的桌球天才，今后除了埋首于桌球之外，自己已经可说无牵无挂。

"如果肚子又饿了，你别客气，尽管来找我无妨。你可千万别去出卖肉体，像你这样瘦巴巴的身体，可卖不了几个钱呢！"

由贵似乎有些踌躇，但还是抓起膝上的纸钞，出门消失在黑暗的街头。

从翌日起，武内便疯狂地打球，一心一意提升自己的球技，有时也难免感到体内有一股汹涌的激情，那是嫉妒、迷恋和愤怒的混合体。

每当此时，只要用手抚摸球台上的绿绒布，或听听桌球房中嘈杂的人声，武内的心情便会平静下来。

在袅袅上升的香烟白雾中、象牙球相碰的清脆声响中、粉块与球杆头摩擦时发出的那种宛如小动物的悲鸣声中，武内的思绪获得完全解放，尽情享受任意操控红球白球的喜悦，也唯有在这时候，他眼中才会闪现出一种活生生的光芒。


窗外还在下雨。邦彦已经醉眼蒙眬，武内则歪靠在椅子上，虽然已经喝够了，但仍然往喉咙里倾倒威士忌。

"日本第一……我真想见识一下老板的球技。"

穿着蓝色薄质毛线衫的邦彦用两手捧起酒杯啜饮，视线却望向窗外的远处，那落寞的神情映入了武内的眼中。在那张年轻的脸上，有着浓眉大眼及挺直的鼻梁，五官清秀，但似乎缺少了一点什么东西。武内认为缺的或许正是青春气息；年过半百之后，他终于明白青春气息是什么。

青春气息就是一种丰盈的感觉。武内在道顿堀所认识的友人之中，大多数具有一种共同的特质，那就是容貌中带有一种与生俱来的贫乏之相。具有此种贫乏之相的人注定会遭自己所爱的人遗弃，也注定会遭友人所害而陷于不幸。而且不论愿不愿意，这些人注定会碰在一起而共同沉沦，关于这类的例证，武内已经见过太多了。

武内那醉醺醺的脑中忽然清楚地浮现出一幅夜晚的海景，于是对邦彦说出一桩当年勇的往事。那是在昭和二十六年（一九五一年）之时，他清清楚楚记得自己站在芦屋市的一处高地眺望夜晚的海景。

"那一晚，在芦屋的一间华宅中有过一场豪赌。当时附近一带早因空袭而成废墟，唯独这间华宅残存下来，宅中有华丽的大型吊灯。经过精心挑选的七八名桌球选手聚集于此宅，背后各有巨商富豪当赞助人，进行了一场真正争夺日本第一头衔的三颗星竞赛。"

参赛选手中包括一名边注射毒品边比赛的京都男子、一名欠高利贷而孤注一掷的名古屋男子等，武内直到现在还清楚记得那些人的面貌。

比赛连续进行了三十八个钟头，武内赢了一笔足够盖一栋房子的赌金。他永远忘不了决定胜负那一瞬间的出杆感觉。猛力出杆后，母球往前旋转滚动，虽只是薄薄地擦撞到子球，那小小的擦撞声却宛如巨响般回荡在静寂的大宅中，而在这一瞬间，他那架杆的左手指头几乎不由自主地抽搐起来。战败的选手各自垂丧着头，拖着疲惫不堪的身子离去。

武内说到此处便住口不语，将视线投向窗外的景色，在心中回忆起往事。

那一晚，武内和吉冈是最后才离开华宅的两个人，一出到大门外，迎面而来的是阵阵清凉的海风，武内用布满血丝的双眼望着前面的黑暗处，搜寻距此不远的那片海洋。

"阿铁，或许该是潮汐转变的时候了。"

梳着油亮大包头的吉冈一本正经地望着武内，微黑的脸上泛出一层油光。

"什么潮汐转变？"

"见好就收才是聪明人嘛！"

吉冈不仅失去一条手臂，连大腿内侧的一大片肉与睾丸也皆遭炮弹夺去，所以走起路来两膝外曲而一瘸一瘸的，当长时间站立时，总要抓住什么东西倚靠才能撑直背部。大腿内侧的肌肉后来又长出来了，但失去的睾丸仍是永远的创痛。

华宅前的空地孤立着一棵烧焦的粗大松树，吉冈想要倚靠着树干，一边朝松树走去一边说道：

"铃子回来了。"

武内闻言只觉身体一热，喉咙仿佛有什么东西梗住一般，半晌才用力挤出一句话：

"她现在在哪里？"

不远处的神户海面上停着一艘船，在一望无垠的黑暗中亮着红色和黄色的灯光。

"五天前，她来到我的住处……说她无处可以投靠，所以我暂时安排她住在一个相识的大妈家里。"

"政夫跟她在一起吗？"

吉冈轻轻点头，接着说：

"听说跟那个男人分手了。"

"我不想见她，那女人跟我已经没有任何关系了。"

"可是你总要见见儿子吧!"

吉冈露出一嘴乱七八糟的牙齿笑着又说:

"若真的气不过,狠狠揍她一顿也未尝不可啊!"

凭着多年的交情,武内知道吉冈最后这句话只不过是说笑而已。虽然吉冈这个人其貌不扬,但内心还是思虑谨慎到近乎不可思议的。凭着他万无一失的妥善安排,武内才能在赌注惊人的各种桌球比赛中无往不利,不但未曾大输过,也未曾和无赖、流氓起过冲突。说起来,他这个经纪人实在功不可没。

在黑夜中,俩人一路走下坡道,彼此未再开口。从神户过来的电车受电弓上闪着蓝色火花,以猛烈的速度从武内的面前驶过。看到火花在黑夜中飞过之际,武内突然有一种想要见见铃子的冲动,不管她有什么理由,他都要当面臭骂她一顿,也要听她亲口说出到底看上那个男人的哪一点。

就在次日的凌晨两点左右,吉冈带着铃子来到武内的住处。武内已经整整两晚没睡觉,但仍清醒地凝视着一年不见的铃子。铃子抱着政夫,静静站立在打烊后空荡荡的屋内,若非吉冈的催促,恐怕她会一直这样呆立在那盏光秃秃的电灯泡下。

铃子先将熟睡中的政夫安置在房内床上,然后转身面向正襟危坐如石头般的武内,就在此时,吉冈大声呼唤:

"阿铁!"

接着又说：

"阿铁，我要走了，困得不得了。你们也睡吧！好好睡一觉。"

并且用仅剩的独臂拍拍西装口袋中的大把钞票，起身离去时还随手将门关上，走在千日前街上渐行渐远的足音好像弹簧发出的轧轧声，在武内的耳中回响。

一直不敢正视武内的铃子这才抬起头来，跟武内的视线相接触。武内不禁一惊，眼前的铃子虽然消瘦不少，但是变得比以前更美，令他觉得一阵绝望。

"政夫好像长大了。"

"嗯，现在已经很会说话了。"

铃子用几乎听不清楚的细微声音答道。

"他一定是叫那个男人'爸爸'，对吧？"

"……"

"你还有什么脸回来见我呢？"

"……"

"没饭吃才被迫回来，是吗？"

铃子闷不吭声。

"若没饭吃，不会去当妓女吗？反正像你这种女人，就是跟乞丐睡觉也不在乎的嘛！"

接下来是一段长时间的静默。

屋外响起空罐子在地面滚动的声音，数名年轻人的笑声由远而近，夹杂着尚未完全变嗓的少女尖笑声，等这一阵声音离去后，周围又陷入一片静寂。铃子边用一只手拢紧连身套装的衣领，边盯着武内直瞧，然后一字一句地开口说：

"我不想活了……你打死我好了！"

武内不知不觉地站起身子，一面在心底咒骂，一面恨声道：

"那个男人究竟有什么好？"

铃子的视线紧随着立于面前的武内脸孔，眼中闪着亮光。

"喜欢上了嘛……连自己也觉得莫名其妙，发疯似的喜欢上那个人。"

铃子的眼神好似着魔一般。武内举脚用全力往铃子的腹部踢过去，铃子痛得用手按住肚子跪倒在地，但随即挺直上身，用上牙紧咬住下唇，似乎准备好了再承受一踢。武内深知铃子的这般认真个性，想死在自己手中和疯狂爱上那个男人等等话语皆非戏言。

武内望着脸色苍白而歪着头瞧向自己的铃子一会儿，霍地挪开视线，接着起脚踢翻纸隔扇、扯烂纸拉门，并拿起茶壶往地上摔，随后还抓起小圆餐盘猛敲墙壁。政夫被这阵混乱惊醒，半张着睡眼往壁橱的方向走避，却跌了一跤。当看到政夫跌倒而露出的小屁股时，武内才惊觉到自己踹铃子的那一脚实在是猛得过火，不由得血液往太阳穴直冲而上，全身也因懊悔之情而变得乏力。跌倒在地的政夫怯生生地环视着四周，似乎无法确定该不该哭出来。武内抱起政夫，说道：

"喔，好了、好了，没事了！"

这话像是在哄政夫，也像是在安慰铃子，更像是自我劝诫的样子。武内将政夫放在兀自按着肚子的铃子膝上，然后从壁橱中取出棉被铺了三张床。

"我要等你睡着后才睡，否则说不定在睡梦中被你勒死，那才冤呢！"

坐在铃子膝上的政夫才一会儿工夫便又睡着了，武内盘着腿坐在棉被上，用平静的语调又说：

"天亮后，请你自行离去吧！我想咱们再也不适合一块过日子了。"

至于政夫的归属问题，到明天再来考虑也不迟，武内放心地从西装口袋中掏出香烟点上火，在铃子钻入被窝之前，他就这样默默坐着，一支接一支地抽着烟。

他不由得思索起铃子为何会爱上杉山的这个问题，再怎么看，俩人都是出人意料的组合，最让他气不过的是，自己的妻子竟然会姘上那个来历不明又无正当职业的男人。然而，铃子和杉山的畸恋又是不争的事实，因此武内睁着清醒的双眼直盯着铃子的睡容，强迫自己接纳妻子红杏出墙的事实。其实回想起来，类似铃子这样的女人，武内至今在道顿堀一带也见过不少。

翌晨，武内在政夫的哭声中醒过来。政夫正缠着还躺在床上的铃子哭闹，看到这一幕之后，武内不由得觉得政夫必须归自己抚养才好。因为在那个时代，像铃子这样的一个单身女人根本无法独自养活孩子。

武内又想起自己先前请杉山替自己全家算命的往事，他记得杉山说自己会一家离散。但他相信，纵使是杉山在当时也绝未料到自己竟然就是导致武内全家离散的祸首，想到此处，武内也自觉有些荒谬，望着天花板兀自浮出一丝苦笑。

他不了解铃子这个奇怪的女人，但又知道自己也不过是个没啥出息的无赖汉。看来杉山的话还真是没错，只有宿命相同的男女才会结成夫妻。如此看来，自己和杉山或许也是具有相同宿命的两个男人吧！武内边想着边起床，背转过身子对铃子说：

"政夫怎么办呢？你我二人该谈一谈了吧？"

铃子似乎已经睁开眼睛了，但没有回话。武内放大音量恶狠狠地又说：

"喂，我可没打算留你住下来呢！谈完政夫的事之后，还请你早些滚蛋！"

铃子这才缓缓转过脸来，用微弱的声音说：

"被你踢到的部位好痛啊……"

"痛？……"

"嗯，好痛！整晚都睡不着。"

武内原以为铃子在要诈，但心头随即浮起踹到铃子腹部的那一脚的劲道，不禁觉得有些不祥的预兆。

"你那一踢真是用上了死命全力哟！"

埋怨的口气中夹杂着铃子独特的媚劲，但那苍白的脸色的确有着难掩的痛苦。

"是你自己叫我杀了你，我只是成全你的心愿啊！"

"你就原谅我一次吧！收容政夫跟我好吗？"

铃子哭丧着脸，泪珠从眼前流至嘴边，刚起床的那种女人体味直扑武内的鼻中。

"你拿我当傻子啊！哼，请你再当我的老婆？亏你还说得出口……你才是笨蛋呢！"

眼看着铃子任性而不害臊的样子，武内没好气地又说：

"昨晚不是想寻死，嚷着叫我杀你吗？那种气势怎么不见了？你还真有脸！"

铃子躺在被窝里，露出无神的眼光回说：

"真的好痛！不晓得怎么会痛得这样厉害？"

语毕便伸手召唤正打着赤脚在店门口游玩的政夫。

政夫嚷着肚子饿，于是武内出门到常去的一家面店，带回来三碗面和一些饭菜。他挟起面条在嘴边吹凉，然后一根一根地喂给政夫吃，虽然对政夫而言相当于第一次和自己见面，但政夫倒不陌生，乖乖地接受武内的喂食。铃子的痛楚好像是真的，躺在床上没吃任何东西，一直到了傍晚时分还没有要起床的样子。

武内在她的枕边放了些钱，然后自顾出门去澡堂，剃了胡子洗过澡之后，换上新买来的内衣和外衣，便去到桌球房。吉冈也穿得一身光鲜，坐在窗旁的长椅上，等候武内到来。

"真好睡，很久没这样好地睡过了。"

吉冈开口道，边环视四周边取出一个沉重的纸包交给武内，里面是一叠钞票。

"可以买一间房子了，或者可以开始做些买卖……"

吉冈的胡子刮得干干净净，洗净后的头发上抹着比平常多得多的发油。

"你的份拿了吗?"

"当然是不客气地拿了。"

"我暂时不想再打桌球了。"

"是想要到什么地方玩一阵子吗?"

吉冈绝口不提铃子之事。俩人并肩离开弹子房来到马路上，武内才开口：

"我好像下手过重了些。"

吉冈听完武内说出事情经过后，便紧张地催他快点带铃子去看医师。

"真的得看医师吗?"

"如果受伤的部位不凑巧，可能会有严重后果呢!"

在战争中疏散到乡间的一位名医已经重回日本桥的原址开业，据吉冈说，这位医师的风评甚佳，以往有许多患者远从京都、和歌山一带慕名前来求诊，他要武内马上带铃子去看诊。

武内和吉冈在千日前街附近折回头，等他回家一看，铃子依然躺在被窝中，政夫则抓着枕畔的钱在玩耍。武内牵着政夫，不断催促病恹恹的铃子一道前去就医，三人穿过日本桥一丁目的大街小巷往前行。

铃子对医师说自己跌倒撞到桌角，由于排尿时带有少量血丝，使得年近七十的老医师闻言不禁皱起眉头。医师检查过受伤处之后，判断是肾脏出血。

"出血量不多，也没有肿胀，所以肾脏并未破裂，不过可以肯定是受了伤。"

老医师吩咐铃子先静养两三天，然后观察病情发展，万一有剧痛、出血增加或肿胀现象，那就必须到大型医院去接受诊疗。

铃子带回一些止血药及消炎药服用，接下来一连几天都躺在床上休养。武内则带着政夫在御堂街一带东逛西逛，在射箭场、吃角子老虎游乐店里消磨时间。

父子俩的关系立即热络起来，只不过三天左右，政夫已经能够拉着父亲的手，熟门熟路地在大街小巷中钻来钻去。政夫已经快四岁了，武内一想到自己才是他的亲生父亲，便对铃子与杉山更加怀恨起来。

铃子的病情并未恶化，经过十天左右，尿中已经没有血丝，疼痛也全消失了。于是武内拜托铃子留下政夫而自行离开这个家，然而铃子拒绝丢下政夫。后来吉冈也加进来调停此事，跟武内做了一次长谈。

"政夫现在正是最需要母亲的时期。"

吉冈说道，并提议让铃子继续抚养政夫直到上小学的年龄为止，在这期间，武内应该每个月按时将抚养费交给铃子，等约定的时间期满后，双方再做进一步的商谈。

"我只怕那女人可能会挪用政夫的养育费。"

武内答了一句，两人间的谈话就此结束。

铃子不久后搬到福岛区的一处公寓，在福岛区海老江的一间成衣工厂找了份工作，武内则重回桌球房讨生活，但按月将政夫的养育费邮寄给铃子，这种情况持续了将近三年之久。

在一个下着小雨的冬夜，武内依地址前往铃子和政夫所住的公寓，那是因为原先约定的时间就快满了，他一面为接回儿子做准备，一面依吉冈之言要去和铃子谈判。

公寓位于联结天六与野田阪神的电车轨道旁的一条小巷里，是一栋破旧的两层楼建筑，门口挂着一块写着"太原庄"的牌子，四周充斥着形形色色的公寓及工厂。

武内敲敲门，原以为会有个脸上布满生活艰辛风霜的陌生男人出来开门，没想到开门的却是一脸开朗神情的铃子。铃子对于武内的来访似乎并不觉得惊讶，这倒让武内觉得安心不少。

"你也差不多该来了，刚才听到敲门声，我就猜想一定是你来了。"

"我还在想可能会有个满嘴酒臭的流氓出来开门呢!"

"别说这种讨厌的话嘛!这里就只有我跟政夫两个人一块过日子……"

铃子说道,接着不容武内说不要,自顾自地说要出门买啤酒,然后就走了。武内对着站在屋内角落朝自己这方向张望的政夫说:

"政夫,爸爸来看你啦!"

接着便不知道该说些什么话才好,只得望着眼前这个即将上小学的儿子露出怪异的微笑。政夫也露出笑容回应,武内见状,略显迟疑地对儿子招了招手,但政夫并未朝他走过来。虽是亲生儿子,但父子俩几乎没在一块共同生活过,武内不禁为政夫感到悲哀,也因而更加气愤铃子。

那天晚上,武内喝着铃子买回来的啤酒,结果没说出半句要紧的事就回家了。隔了二十天后,他再去找铃子,接着在一星期后又去了一趟。不久后,铃子便干脆经常买些啤酒摆在家里,对武内的来访也越发表现出欢迎态度。

有天夜晚,铃子对武内说:

"我的肾脏出了毛病。"

"啊……肾脏?"

"嗯,时常还会引起脚部浮肿呢!"

"有去看医师吗?"

"医师说,那是因为体内的蛋白质累积太多,所以要避免过咸和刺激性的食物。"

铃子抬眼微笑着又说：

"在工作时，有时会感到累得不得了。"

"从什么时候开始的呢？"

"自从被你踢了之后，没多久就开始了。"

"……"

"都是我不好，所以也不怨你，只不过说给你听听罢了。"

铃子转头望了一下政夫，政夫正坐在房间的角落，背向俩人看着图画书。铃子将身体凑过来，武内只觉得自己好似在跟别人的老婆偷情一般，悄声说：

"早点哄政夫入睡吧！"

虽然明知铃子一面拿政夫当筹码，一面使用美人计，但武内终究挡不住对铃子肉体的怀念。

从这天起，武内在每个星期六都会留宿于铃子的公寓，由于不想让别人知道铃子之事，所以他连吉冈也瞒着，一到星期六的傍晚，便搭车从道顿堀去到福岛。

"阿铁，是不是有了相好的？"

吉冈比着小指头揶揄武内。武内不想让吉冈知道他又重回铃子的怀抱。虽然觉得此事说来荒谬，但实在又受不了铃子那濡湿双唇及胴体的诱惑，在当初还是名正言顺的夫妻时，他并未觉得铃子有这么大的魅力，如今却被弄得神魂颠倒。

结果，武内非但没从铃子手中争夺到政夫，反而是铃子以身体不适为由而辞掉工厂的工作，每个月坐领武夫送来的生活费。

在政夫上小学四年级的那年春天，一家三口到京都进行了一趟赏花之旅，这是第一次的全家出游。在知恩院的院内广场上，三人吃起带来的便当，武内对铃子说：

"吉冈一直说想洗手不干了。"

"哎……不打球的话，那以后的生活呢？"

"在千日前有一间店面待售，吉冈想买下来开桌球房。"

"我想吉冈一定能胜任这门生意。"

"如果吉冈不干了，我也想洗手了……"

"洗手之后要做哪一行呢？"

"在宗右卫门町大街有一间已经关门的咖啡店，吉冈原打算买下它，但又觉得那地点不适合开桌球房，所以犹豫不决。如果吉冈不想买，那么我打算买下来做点什么生意。"

院内的樱花灿烂盛开，微风及和煦的阳光令武内觉得懒洋洋，同时对以往的生活方式感到极度厌倦，总觉得不能将一生全耗在无止境的赌博与游乐之中。烟味弥漫的桌球房中的喧哗声、胜负拼搏的紧张和陶醉感，在此时都变成了一种无聊的玩意。

出了知恩院，沿着市内电车的路线步行，在路旁有家饮茶室，三人坐下来吃草饼（一种带有草味的黏糕）。铃子的身影突然消失了，武内四处张望，才发现她站在饮茶室隔壁的一间古董店门前，往橱窗中直瞧。从饮茶室中武内的座位上望过去，正好可见到铃子的侧脸洒满了春天的阳光。

铃子的双手放在玻璃橱窗上，入神地瞧着里面，武内感觉到铃子的眼神似乎透着些异样。他将政夫留在店中，独自悄悄地走到铃子的背后。橱窗中陈列着一只翡翠色的水瓶，纤细得几乎随时会断裂的长脖子散发出淡淡的色彩，与之连接的是圆圆大大的瓶身，脖子与瓶身之间的曲线美得令人目眩。

然而，引起武内注意的倒非水瓶，而是铃子盯着水瓶时的那种眼神，那眼神中充满柔情，好似正在迎接一位从远方归来的爱人。

"你在干吗？"

经武内出声一问，铃子受惊地回过头来，然后喃喃地说那水瓶真美。

"嗯，的确漂亮！"

"真希望能拿它当摆饰，然后开一家能与它相衬的咖啡店。"

"嗯……咖啡店？"

"这个价格一定很贵吧？"

大概是听到铃子的话语，古董店老板立即从里面走了出来，为他俩解说道，那是江户时代的琉璃器物。武内虽搞不清楚琉璃器物是什么东西，心底却没来由地浮起一种感觉，觉得桌球房中红白球儿碰撞时的声响正逐渐弱去。

他开口问了一下价格，结果发现没有想象中那般昂贵。

"就买下这只水瓶当作洗手归隐的纪念品吧？"

"哎？真的要买吗？"

"再买一间能配得上它的咖啡店，如何？"

"在道顿堀……"

"或许是在宗右卫门町大街。"

半年后，武内果真开了家河川咖啡店，但此后铃子的肾脏病便逐渐恶化。武内一直认为自己是罪魁祸首，懊悔在当时没带铃子到大型医院诊疗，那一脚的猛烈劲道常在他的体内翻腾。从那时起四年后的冬天，铃子便撒手尘寰，享年三十九岁。

邦彦已经醉得两眼蒙眬，武内将视线投到店内墙上那只翡翠色琉璃水瓶，在昏暗的灯光下，圆圆的瓶身看起来更加膨胀，色彩也更加深浓。沉默了许久的邦彦突然开口：

"阿政说将来要开一间桌球房，好像很认真呢！"

"高中没念完就退学，凭什么开桌球房？"

"据他说，他似乎已经是大阪第一高手了。"

"那是他在吹牛吧！"

"他赢了一个名叫渡边耕三的人，就在昨天，因为他叫我去当见证人，所以我就跟着去了。"

"阿邦，桌球是一种需要精密计算和技术的高级球戏，然而因为不必用到肺和心脏，所以始终无法成为一门运动项目。政夫打桌球也终究只能算是赌博罢了。"

武内边说边望着腕表，心想着或许今晚政夫会回家。

"球技越是高超，越觉得打球其实跟游戏差不了多少。"

武内边说边起身。邦彦也跟着站起来说：

"阿政今天也是泡在红白桌球房里。"

"哎……今天也是吗？"

武内说道，接着轻轻摇手拒绝邦彦送他到火车站的好意，独自离去而消失在雨停之后的宗右卫门町。

# 3

由于已经过了约定的时间，所以邦彦在人潮中加速脚步前进，刚踏进老地方的咖啡店之际，便见到弘美笑着向他招手。

弘美好像又胖了一些，发上绑着一条与连身套装同样花色的丝巾，耳上戴着锁链型耳环，脖子上挂着一条镀金的大型蝴蝶坠子项链。这身装束大概是她自认为最完美的组合，每个月一次来到这儿的闹区亮相时，除了质地和色调有所变动之外，总是这身固定的穿着。

有一次，邦彦忍不住说她这种穿着简直像是黑道大哥的情妇，弘美闻言只是红着脸困惑地望着邦彦。自从那次之后，邦彦就竭力避免在言词上伤害到这个对人毫无恶意和心机的弘美。今年已经三十八岁的弘美曾经是亡父的爱人。

邦彦的父亲在生前拥有几个爱人，弘美是最后的一个，也是最有情义的一个。抛妻别子在外流连忘返的邦彦之父，最后是在弘美的陪伴下咽气的。

"这是这个月份的。这次比以前要多出不少。"

弘美取出一个白色信封，怕被人听到似的悄声说道。此时，刚好女服务员端来俩人点的饮料，因此弘美硬将信封塞在邦彦的手中。

不论邦彦如何拒绝，弘美每个月都固定强塞些钱给他，自从邦彦在河川咖啡店工作以来就一直如此。

"你到底要给到什么时候呢？"

"直到你毕业为止吧……阿邦，你别介意嘛！反正又没有多少钱。"

弘美深深吸了一口烟，再从鼻孔中喷出，接着又说：

"当初我念初中的时候，曾经在通天阁的附近住过，回想起来，真是个不愉快的时代。"

稍微停顿了一下，才又说：

"好几次都被貌似温柔亲切的男人所骗……所以一见到通天阁，我就心里有气。"

"你从初中起就被男人骗了吗？"

"就是嘛！你别看我现在这副模样，想当年可还是个人见人爱的美姑娘呢！"

弘美边乱弹着烟灰边大笑道，大概是肺中吸进了不少烟，她大笑时，烟雾不断从鼻孔中窜出。

"成年之后，我记得好像曾经从道顿堀眺望过通天阁，只是不太确定从这里真的能看到那里吗？"

"从天王寺可以眺望到通天阁，从道顿堀就不行了。"

"嗯，或许吧……这样说来，我可能记错了。"

弘美垂着眼帘，用指头拨弄手中的香烟，但不论她如何装出寂寞的表情，仍掩不住任性的孩子气。

越过弘美的头顶，邦彦能见到心斋桥街熙来攘往的人潮，虽然没什么太阳，但他仍然觉得阳光很刺眼。

在每个月的第三个星期六，俩人固定在位于心斋桥街的这间咖啡店碰面，言不及义地闲聊一个钟头左右。起初感到有些烦的邦彦，最近看在钱的分上，也不太抱怨了。

"阿邦，你有女朋友吗？"

弘美仰起脸问道。

"哪会有？"

"你父亲很懂得如何讨女人欢心呢！"

"……"

"以后你也一定不会输给他的。"

邦彦原想问起弘美和父亲的相识经过，但随即打消了念头。他猜想弘美一定会高兴地说起往事，但也猜得出那对他不会是件愉快的事。

"你不打算结婚吗？"

邦彦问道。

"我这把年纪的女人，有谁肯要呢？何况又是残花败柳。"

弘美动作夸张地答道，重新掏出一支烟点上火，吸一大口后，又说：

"以前多亏你父亲帮忙，我才能摆脱一个吸血鬼男人，你父亲为我花了不少钱呢！"

她接着便说起曾经做过三年的化妆品推销工作往事。弘美的责任区主要是丹波和但马等地的农村，通常是两三名推销员结伙沿门推销，虽然卖的是二流品牌，但在某些地区卖得倒很顺利。

"我的穿着虽然土里土气，但是有不少家庭主妇愿意关照我，所以销售业绩还不错。"

邦彦突然想起死去的母亲。母亲不曾对父亲的其他爱人表现过嫉妒之意，唯独对弘美表现过激烈的醋意，还曾对当时只是中学生的邦彦哭诉过。父亲以前的几个爱人，外貌和身材都比弘美好看许多，但母亲只对弘美露出毫无掩饰的激愤，这件事让邦彦始终无法理解。

"我父亲和母亲的感情实在很差……到底是什么缘故？"

对于邦彦的这一问题，弘美陷入一阵沉默，好似拼命在思索一个比较适切的词汇，半晌才迟疑地回答：

"那是因为你母亲的身体太虚弱。"

"不止是因为这样吧？难道夫妻之间只图这档事吗？"

"这说起来……男人跟女人嘛！"

望着弘美脸上厚厚的脂粉，邦彦突然觉得再谈下去恐有诸多不便之处，真想提议说以后不必刻意见面，至于钱嘛，用邮寄就成了。

到底弘美为何要每个月送钱给自己呢？父亲已经亡故，不，就算尚未亡故，自己跟弘美也扯不上什么关系。

邦彦故意看了一下手表，然后从椅子上站起来。弘美吃惊地望着邦彦，那微宽的下巴露出一股烈性子，好像只要再稍受刺激便要不管三七二十一地骂人，那对与弘美的小个子显得不搭调的大耳环在耳下摇晃着。

"对不起！我说了让你不高兴的话。"

"不，没什么不高兴的。"

邦彦虽是先行起身，但等到出了店门，反而是他在后头追赶快步前进的弘美。

由于是周末的午后，街上的人潮熙来攘往，邦彦不耐烦地尾随在一群少女后面缓慢前进。弘美望了望邦彦，重复方才说过的一句话：

"我记得曾经站在戎桥上面眺望通天阁，你说绝对不可能吗？"

于是邦彦拉着弘美走到戎桥的正中央，倚在栏杆上用下巴指着南方，说道：

"你自己看吧！就算没有这些建筑物挡着，从这里也看不到通天阁……你说的是几年前的事啊？"

"是我二十四五岁时，也就是十二三年前。"

靠河边的道顿堀大街上杂乱林立着大型餐馆、大楼等，而中座及角座这两间剧场就位于对面街上，从戎桥上望过去，只能看到污浊的河流、大楼及数不尽的各式招牌。

弘美瞄了邦彦一眼，说道：

"可是我记得就在这里边眺望通天阁边等父亲呢!"

"谁的父亲?"

"你的父亲啊!"

"哎……"

邦彦这才知道父亲和弘美居然在十多年前就扯上了关系，不由得转头露出一种暧昧的表情。

季节已近秋末，从大楼与大楼的缝隙间不时刮起一阵夹杂着尘埃的寒风。风在运河的上方吹过，但道顿堀川的河面上泛出一层油亮黑光，没有丝毫波纹。

"那时候他只是我们店里的一个客人，跟我并没有暧昧关系。"

弘美带着些撇清意味说道，接着又说：

"或许不是道顿堀，而是在可以眺望到通天阁的其他桥上。我脑中装了太多回忆，连自己都搞混了。"

邦彦注视着弘美头发上那条红褐两色的方格丝巾，对她与父亲之间的诸多回忆起了一丝好奇心。在微弱的阳光照射下，那条丝巾闪着平滑的光芒。

再怎么恭维，弘美都称不上是位美女，然而在十五年前，身材矮胖的她想必也是一个劲儿往脸上涂脂抹粉，就像在千日前或日本桥一带的大众餐馆中常见的那些俏姑娘。

"这两三年来，屁股已经变成四方形了。"

弘美将臀部挪向邦彦面前，高声说道。从旁经过的几名路人露出惊讶的表情望着两人。

"四方形？"

"对啊！变成真正四方形的屁股了，真讨厌呢！"

听到这话，邦彦不禁笑着望一望弘美的臀部，的确如她所说的，那肥大的臀部已经失去浑圆形状——与其说是失去，不如说是因周边长出了一团赘肉，因而向外扩张成四方形。

"女人的屁股一变成四方形，就可悲啦！"

接着弘美又说要到心斋桥乘地铁。邦彦觉得有些不忍心丢下她一人，所以陪着她往心斋桥街走去。

父亲过世那年，邦彦正就读初中三年级，至今他对父亲的面容已经记不太真切。父子之间鲜有交谈，而且父亲又经常不在家，所以他对父亲的记忆可谓模糊得可怜。

尽管如此，当他听到弘美说起站在某一桥上眺望通天阁的往事后，脑中却没来由地浮现出父亲和弘美相会时的那幅清晰景象。景象虽远，但他仍能看得清清楚楚，俩人的动作、身上的阳光及周围来往路人所构成的场景冰冷而鲜明。

在地铁的入口处，弘美开口说：

"没想到他死得那样突然。"

"哎……谁啊？"

"你父亲嘛！"

"哦！……"

"直喊着肚子痛，在床上躺了约三天，后来我要他去看医师，勉强将他架上出租车，当时他那种痛苦的样子真是吓人。结果诊断出是跟肠子有关的一种什么病。"

"是肠套叠吧！"

"对，对！就是这个病名，我原以为是什么盲肠炎，哪知却是种可怕的病。"

"我父亲死时是几岁呢？"

"四十七岁吧！怎么说才好呢……人到了中年，什么事都不对劲了。"

"什么事？"

"任何事啊！"

在自动售票机的前面，邦彦和弘美分手。

邦彦从百货公司的地下室搭自动扶梯上到一楼，穿过售货柜台走到外面的心斋桥街。他感受到弘美最后那句话含有强烈的慨叹，觉得自己以后最好别再跟弘美见面了。

人潮依然拥挤，邦彦浑身充满了一种前所未有的焦躁与不安，随着人潮缓缓移动。移动到一间卖茶叶的老店铺附近时，便闻到一股扑鼻的茶香。或许有人觉得诱人，驻足深深吸一口气的芳香，也或许有人觉得带着寂寞和悲伤的味道，反而加速脚步离去。两极化的反应端视人们当时的心情而定，但邦彦的反应并非其中任何一种，对他而言，这只是一扇既不消散、又不挥发、也不沉淀的浓香之门。

从这里向南走便是道顿堀，向北走则是他处，邦彦别无选择，只能穿过这扇浓香之门返回自己所住的烂泥巴运河之畔。一想到自己别无其他去处，他不禁在原地迷惘徘徊。

茶叶铺的隔壁是一间陶器店，一个男人原先望着陶器店的橱窗瞧看，忽然转过头来注视着邦彦，然后走了过来。邦彦原本以为这男人是旧识，但又想不起来在哪里见过。男人紧盯着邦彦的脸孔，在错身之际略显迟疑地开口：

"你不就是……安冈先生的儿子吗？"

邦彦闻言停下了脚步，一面抗拒身后拥上来的人潮，一面答说：

"是！我就是……"

"啊！我果然没认错人。你的模样跟小时候几乎没啥变化，我一眼就认出来了。"

这男人年约六十，胖嘟嘟的身材，稀疏的头发分边梳得整整齐齐，两手提着陶器店的大纸袋，大概是刚从陶器店中购物出来。

"令尊安好吗？"

邦彦不知怎么一回事地胡乱答了一句：

"哎……他很好！"

男人高兴地笑了笑：

"你小时候常跟着令尊到我的店里呢！"

"哦……小时候，是什么时候呢？"

"你那时候是初中生啊！"

"初中生……"

"那时候我在阿倍野的北掉那儿开一家店啊！"

"啊！……店名是'金兵卫'，对吧？"

"对啊！现在店已经迁移到日本桥，店名没有变。"

邦彦记起来了，这男人当时在阿倍野区的北掉附近的上町线平交道旁开设料理店，父亲常去光顾，每个月还会带邦彦去一两次。狭小的店里只有一张长柜台，还摆设着一只陶制的招财猫。

就在邦彦暗自佩服这男人的好记性之际，男人又说：

"你长得跟令尊一模一样，第一眼瞧见你，我就确定你是安冈先生的儿子。"

语毕又再次盯着邦彦的脸，接着说：

"那大又长的眼睛，尤其是眼角最相似了。"

邦彦有些难以置信，搞不清这男人怎么会如此清楚地记住自己的容貌，不禁起了一丝戒心，默然伫立在心斋桥街的人潮当中。

"如果有时间，到我的店里坐坐吧！就在日本桥，离这里很近呢！"

"这个嘛……"

"我以前承蒙令尊帮过大忙，可是自从店迁到日本桥之后，就跟令尊失去联络了……"

男人再三热情邀请，邦彦穷于回答，光盯着男人眉间的那颗大黑痣。过往行人的说话声、体臭和衣物上的五颜六色，像一道浊流般从邦彦身旁流过。

"我的店从傍晚才开始营业，虽然厨师这时候还没来，但我的手艺也能弄些好料理招待你呢！"

"不，我今天手头不太方便。"

"不必花一毛钱！不仅是今天而已，不论什么时候，只要你肚子饿了，或想吃点好料理，尽管来就是！"

男人随着人潮移动，回头一直招着手，邦彦只得无奈地跟在他后头。

过了戎桥后，男人向左转到道顿堀街，朝着角座剧场的方向前行，穿过千日前街之后，来到日本桥畔的十字路口，往南一直走，在第二条马路向右转。

"这附近变了好多，我搬到日本桥来已经七年了，看到的变化真大！"

男人一边走在行人稀少的街道上，一边东指西指地说道。阳光照射在路旁尚未开始营业的摊子及料理店的门口，垃圾袋堆放在街道的两旁，间或有肉铺的小货车及送冰块的旧自行车穿梭其中。在这条街大约中央处的一间店门口，悬挂着一盏上书"金兵卫"的红灯笼，隔着格子门可以看到门帘上写着"河豚"两个字。男人掏出钥匙打开格子门，一踏进昏暗的店内，便大声向邦彦说：

"请进！"

店内飘着一股酸味，男人先打开日光灯，接着收拾好摊在柜台上的报纸，然后招呼邦彦坐下。

"我这店虽不怎么样，但有一道地道的河豚料理，没有其他的料理店能及，有许多客人从大老远特地来这里，为的就是吃这道料理呢！"

男人从冰箱拿出一个大容器，又说：

"尝尝烤鱼白如何？"

看到邦彦点头后，男人接着说：

"通常就用烤年糕的铁丝网来烤河豚的鱼白，最好是用炭火慢慢烤才好吃，等烤到炙热后，浇上酸橙汁，然后沾麦麸酱吃，这种美味可以说人间少有。虽然浇上蜜柑汁也可以，但我还是偏爱酸橙，而且还必须是爱媛县宇和岛所产的酸橙。"

由于升炭火比较费时，所以男人喃喃地说，先将就着用瓦斯炉火，接着打开啤酒瓶盖，将酒瓶放在邦彦面前，问道：

"你几岁了？"

"二十一岁。"

男人将啤酒倒入酒杯，说道：

"这种年龄可以尽管喝啤酒无妨了。"

然后催促邦彦举杯，自己则将铁丝网上的鱼白翻个身。鱼白烤得微焦，热气在射入室内的几缕阳光中冉冉上升，男人将装着麦麸酱及酸橙汁的陶皿放在邦彦面前，又说：

"以前我在阿倍野开店的时候，遇上了一些麻烦。土地是租用的，但因为欠了一笔账，所以地主要赶我搬迁，叫了几个地方上的流氓来闹事，事情变得相当棘手。我只会规矩做生意，碰上这种麻烦可真是束手无策，后来是令尊帮我找了现在这间店面，同时还出面替我摆平了麻烦。自从迁到这里之后，我一直盼望着再见到令尊，但是一直没碰上。令尊现在怎么样了？"

"啊……还是老样子。"

"哦，只要身体健康，那就比什么都好。"

端上桌的鱼白看起来像是刚烘好的圆饼，邦彦照着男人的指示，先浇上酸橙汁，然后沾上麦麸酱再送入口中。

"味道怎么样？"

"哇，真是好吃！"

"来！喝啤酒吧！"

在男人将店迁到日本桥的时候，邦彦的父亲就过世了，但连邦彦自己也不明白为何要谎称父亲还在世，而谎话已经说出口，想要改口也来不及了。

在男人的询问下，邦彦说出自己就读的学校名称、在宗右卫门町大街的一家咖啡店打工等事。

"那离这里很近嘛！你想吃点什么好料理，以后尽管来就是！"

"可是我只是个穷学生呢！"

"没关系！就当作是还以前我欠令尊的情好了。"

不知怎么一回事，男人猛盯着邦彦的脸。邦彦边露出微笑边喝着啤酒，他觉得这男人必然已经知晓父亲亡故之事，虽然这只是一种直觉，但他确信自己没猜错。既然如此，就照男人所说的，自己沾父亲的光来吃吃喝喝倒也无妨，但有一点他猜不透，既然男人已经知晓实情，为何又向自己问起父亲的近况呢？白天喝酒容易醉，邦彦有些酒意醺然，掏出香烟点上火，转头望着门口那只招财猫陶饰。

"那只猫以前是摆在阿倍野的店内吧？"

"不，以前那只摔破了，这已经是搬来这里以后的第三只了。"

男人从厨房矮身钻过柜台的活动板出来，在邦彦身旁的椅子上坐下，自己倒了一杯啤酒喝了起来。

邦彦不擅聊天，光举筷吃着盘中的两块鱼白，一面啜饮着啤酒。男人似乎也没什么话说了，在静默之中，陪着邦彦喝酒。由于男人不再开口，邦彦不禁觉得有些坐立不安，用手托着下巴四下望着店内，正想找个借口告辞之际，只见格子门猛然被拉了开来，一名年轻姑娘边踏进来边说：

"又是在白天就喝酒，真讨厌呢！"

看她的穿着似乎是个大学生，年纪跟邦彦相仿。姑娘狐疑地望着邦彦的脸，并将手上的几本书放在柜台上。

"爸！你不是去买盘子吗？"

"买回来了啊！摆在那儿呢！"

姑娘从摆在角落的大纸袋中取出盘子一看，说道：

"哎呀！怎么买这么贵的？"

"是店里要用的，哪能买便宜货色！"

"咱们的小店就算使用这样的高级货色，也没有人会称赞一声呢！"

"这是小女，今年刚进入短期大学就读。"

男人又向女儿介绍邦彦，说是以前一个熟人的儿子，然后笑着说：

"她叫作由纪子，上面的两个姐姐都出嫁了，唯独剩下这个丫头。"

邦彦原想询问这男人的姓氏，但又想到记得他是金兵卫的老板也足够了，因此没开口。男人突然想起什么似的，从胸前口袋掏出皮夹子，取了一张名片递给邦彦。邦彦接过来一瞧，上面印着"割烹　金兵卫　宇崎金兵卫"几个字。

"金兵卫是你的本名吗？"

"没错！从小就叫金兵卫。"

"我还以为是店名呢！"

"我用本名当店名已经超过二十年了。"

由纪子一面从袋中取出盘子一面插嘴：

"我们的店怎么看都有一股金兵卫的味道。那只招财猫、椅子上的坐垫图样、门帘上的污垢……真是店如其名呢！"

"金兵卫有啥不好？河豚金兵卫、鱼白金兵卫，容易记又响亮！倒是你有空的话，也稍微来店里帮一下才好，店里人手不足，忙不过来呢！"

"别抓我的公差，除非肯付我跟大家一样的薪水。"

宇崎苦笑说：

"帮忙家里的生意，哪有付跟大家一样薪水的道理？"

"同样是工作，本来就该领应得的报酬啊！"

"要这么说，你就自个儿去外面打工吧！已经是个大学生，应该可以自立了。"

"我正想趁寒假去打工，刚去了一间百货公司应聘，只是他们已经找到足够的人了。"

"如果白天可以的话，我倒知道有一个打工机会。"

邦彦插嘴道。河川咖啡店目前人手不足，正想找一名从中午十二点工作到下午五点的女服务员。

"白天不行啊！我白天有课呢！"

由纪子皱起鼻子，露出可爱的表情答道。她的身材瘦瘦高高的，仅有的化妆是唇上淡淡的口红，整体看起来仍不脱孩子气。

"到底是哪一种打工机会？"

由纪子一面将盘子排在柜台上，一面问道。

"你知道在宗右卫门町大街上有一家叫作'河川'的咖啡店吗？"

"啊，我知道！就是在运河旁那家经常摆设着一大堆花饰的店吧？我进去过两三次。"

"就是那间店要招女服务员，工作时间从正午到下午五点。"

"嗯……"

"等学校放寒假后再去工作，不就成了？"

宇崎说道。由纪子闻言后露出认真考虑的表情，盯着邦彦的脸，说道：

"不过我想要打工是为了赚取在寒假去滑雪的费用，若等到寒假再工作，那就太迟了。"

宇崎又进入厨房取出啤酒，虽然邦彦加以婉谢，但宇崎仍不断地劝酒。由于是空腹喝酒，邦彦已经醺醺然了。

"我不行了，在白天这样子喝酒，很容易醉的。"

"哦，那就煮些油豆腐来下酒吧？"

邦彦予以婉谢，并且起身告辞。

"我是说真的，以后你尽管来，千万别客气！喜欢吃就吃，喜欢喝就喝，就用我欠令尊的情抵账好了。"

宇崎诚恳地说。邦彦步出店门走到日本桥畔的十字路口之际，由纪子从后面追了上来，肩上挂着一只背包，手上抱着笔记本及教科书。

"你刚才说的那个工作，我想试试看！"

"可是你的课怎么办？"

"休息一两个月也没多大要紧，只要别告诉我爸爸……"

"瞒着你爸爸可不太好，到时候他要怪我了。"

"不会怪你的啦！我爸爸原本就反对我上短期大学，说什么女孩子不用念太多书。我要瞒着他，主要是怕他叫我干脆回店里帮忙，那就讨厌了！"

邦彦停下脚步，望着和自己差不多高的由纪子。她那脸颊及额头的肌肤既红润又光滑，带着几分刚强的脸孔散发出清纯气息。

醉意让邦彦觉得有些陶陶然，头顶上的高架桥传来一阵阵喇叭鸣声，往凑町方向的车阵排成一长列，萧瑟的晚秋阳光在车窗玻璃的反射下，显得不太刺眼。

"那么我就带你去见见老板吧！"

听邦彦这么一说，由纪子点头说了一声拜托。

河川咖啡店内座无虚席，虽然才不过十八个座位，但武内一个人还真应付不过来。他也曾雇用过打工的女孩，但不是待不久就是不讨客人喜欢，一直没找到讨人喜欢又勤快的人选。

武内听完邦彦的介绍后，笑着向站在门口的由纪子点点头，说道：

"太好了！真希望你能马上上班呢！"

当武内和由纪子谈话之际，邦彦忙着在柜台和客人座位之间穿梭来回，替客人添水或端上饮料。

客人一窝蜂地来到，也一窝蜂地离去，没多久，除了两组客人外，其余的皆走了。邦彦将咖啡杯碟堆在水槽中，然后拿起抹布擦桌子。武内愉悦地说：

"阿邦，宇崎小姐答应从今天开始上班啦！"

"从今天吗？……"

"按钟头计薪，只要学校没课，她就来上班，反正她只有星期三跟星期五的课非上不可，所以在星期三、五她从下午三点工作到六点，其他日子则按正常时间上班。有这样讨人喜欢的女孩来帮忙，真是谢天谢地！"

"你可不能瞒着你父亲啊！"

邦彦在由纪子的身旁坐下，说道。

"放心！我会跟他说明白，请他答应的。"

由纪子答道，起身将背包和课本往柜台的角落一摆，随即开始清理桌子。

"我常在店里帮忙，早就习惯这种工作了。"

武内将晾在楼梯口的一件围裙取来，交给由纪子说：

"首先请你洗洗那些杯盘吧！"

由纪子闻言便走到水槽前，熟练地卷起袖子，笑着向邦彦和武内说：

"以后请两位多多照顾了！"

邦彦登上楼梯进入自己的房间，先将屋内晒衣绳上的衣物收起来，然后关上临河的那扇窗子，仰躺在床上。

邦彦的酒意已经消退，头有些痛，连打了好几个哈欠，又从裤子的臀部口袋掏出弘美所给的那个信封，点了一下里面的金额。正如弘美所说的，数额比以前多出不少。邦彦感觉自己今天好像跟许多人说过话，虽然实际上也只不过是弘美、宇崎金兵卫和由纪子这三个人而已。

邦彦躺在床上环视着空无一物的室内，除了一张小桌及两只装衣服的塑胶箱外，仅有的就是堆在角落的棉被。由于是阁楼房间，所以天花板很低，一站起来，几乎就要碰到用三夹板隔成的天花板。墙上仅有一扇临河的窗子，但到了夏天，风又吹不进来，整个房间闷得像是蒸笼。邦彦起身将窗子打开一条缝，然后倚着墙壁眺望戎桥上的人潮。

人潮往来不断，宛如一条河流，而这条人河和道顿堀川这条烂泥沟恰成十字形交叉。有些年轻人聚集在桥上，倚着灰色的栏杆，将视线投向过往的女孩子身上。

邦彦从桌子的抽屉中取出笔记本，在窗下随手翻阅。这一本皮封面的笔记本是他在母亲过世那天在运动场的观众席上捡到的，失主不详，里面以日记体裁记载着令人难解的一些简短文句，有时候邦彦会翻开来阅读。


有人说人生苦短，我却认为太长。任何人只要经历过七十载循环不止的四季变化，就不会有苦短之叹了。

打算做些善后准备，差不多是开始的时候了。

拿二万日元给Ｓ子，她只说了一句"仅有这点吗"。


由于句中不时出现七十年和七十这数字，所以邦彦认为失主应该就是那位牵狗的老人没错。他不由得想起老人的红脸颊与腹语术木偶般的嘴型，便随手翻到写着六行像是诗句的那一页。

搭船而去
出生地既不同
心思也各异的
数千个"我"
搭乘同船
随流而去

也不知道为什么，这几行文字深深吸引了邦彦。他倚窗眺望着繁华的闹街，觉得那些陌生的人群仿佛就是他自己的众多分身。

人群的背影显得模糊，漫无目标的急速脚步带着些许寂寥。每个人的出生地不相同，心思也各异，数千个这样的人甚至连一句招呼也不打就汇聚在一起，邦彦觉得每个人都是他自己。

邦彦一直望着缓缓越过烂泥沟的人群，直到夕阳西斜、河面上开始闪现出红色波光时，才想起已经将近自己的上班时间，便步下阴暗狭窄的楼梯，以便到千日前的快餐店吃晚饭。

# 4

星期二是河川咖啡店的休息日。武内在天王寺的寓所内待到晌午过后，便出门搭地铁到难波，下车后徒步进了百货公司，为的是购买店里需要的清洁用具和新的咖啡杯。他请百货公司的售货员将咖啡杯送到店里，自己则抱着装着清洁用具的纸袋踏出门口，穿过百货公司门前的红绿灯后，便混入戎桥街的拥挤人潮中。他想顺道去由贵的店里探访一下。

跨过戎桥后，沿着心斋桥街走到挂着"不二家"招牌的拐角，向右转便是笠屋町，在道路的左侧可见到"藤波大楼"的招牌，由贵经营的烤肉店就位于这栋大楼的二楼。

在武内开设咖啡店的第五年，也就是铃子亡故后一年，他才和由贵重逢。武内只知由贵在战后曾随着那位靠桌球讨生活的老人漂泊到道顿堀，一别之后就完全不清楚她的情况了。由贵偶然来到河川喝咖啡，见到武内后才惊喜地向他打招呼。

当时由贵身边带着年幼的儿子。武内还记得往事，在老人死后，他曾带着无处可去的由贵去吃善哉饼，还带她去澡堂洗澡，但重逢时的由贵变得跟以前大不相同，不但打扮得漂漂亮亮，还穿着一件皮领外套。武内知悉男孩是由贵的儿子，至于父亲是何人，他并没有问。由贵不讳言地坦陈自己当时是靠一名放利息的台湾人接济，靠着那男人的照顾，因而得以在叠屋町开了一家内脏烧烤店。

经过了大约五年，那男人突然过世，由贵恢复了自由身而继续经营买卖，后来才将店迁到笠屋町改成烤肉店。俩人重逢之后，武内每个月会单独去到由贵的店里吃一两次烤肉，而由贵也不时来到河川喝杯咖啡。

由贵的店下午五点才开始营业，但她通常会在三点过后先到店里做些准备工作。武内推开门往内一瞧，只见由贵坐在椅子上，脸朝着里面在看账簿。店里雇有五名员工，但此时皆尚未上班。

"又在算账吗？"

听到武内的声音，由贵尖叫了一声，举起双手说：

"哎哟，吓了我一跳！"

由贵转过头来，用手抚摸着胸口，瞪着武内。她的身上已经寻不到当初在道顿堀流浪时的风霜，脸孔与身上都长出了一团肉，头发染成棕色，指甲修得漂漂亮亮，大大的眼睛上涂着浅浅的眼影，这身打扮让她看起来比实际的年龄要老四五岁。

"你别吓人好吗？单身女人的生活原本就过得战战兢兢呢！"

"说是战战兢兢，我看你倒吃得白白胖胖的嘛！"

由贵从皮制的烟盒里取出一支烟，用打火机点上。

"你来得正巧！我刚好有事想找你商量。"

"哦，这倒稀奇！"

"我想再开一家店。"

"在什么地方？"

"梅田最近要盖一条新的地下街，位于旧的地下街和火车站之间，盖好之后，我想梅田会成为人潮最多的地段，所以打算在那里开一家新店。"

"同样是烤肉店吗？"

"我经过考虑之后，觉得在那地点开牛排馆比较合适，不是最高级的那一种，而是供应中上等级的牛排，而且在白天要打折以便吸引上班族来用午餐……"

"可是那种地段一定需要很高的租金吧？"

"没错，可是值得啊！"

既然由贵说要开新店，武内认为她一定估算过所需的费用。在这一瞬之间，眼前的由贵似乎又变回二十年前那个让武内带着去吃善哉饼、到大国町洗澡、然后在自己家睡一晚的少女。

"这事必须尽快决定，竞争者一大堆呢！"

"那得看你的人生观而定。"

武内说道。由贵露出思索此话含意的表情，斜眼看着武内，武内接着解释：

"你这间店很赚钱，不必操劳，只要固守成果便可以过活，但也可以不为此满足，继续拓展业务。要做何种选择，完全看你的人生观而决定。"

由贵将烟屁股捻熄，重新掏出一支点上，用一只手将摊在桌上的文件、账簿略加整理，然后吐出一口烟说道：

"我有时不免想到自己是个幸运的人，每当情势坏到极点时，必定会逢贵人相助。我就是这样认识了老陈，这个人赚钱的手段虽然不太正当，但他不是个坏人。老陈过世后，我每次遭逢危机也同样会遇到贵人。想当初战争刚结束，我在黑市流浪、挨饿受冻时，也是碰到了玉田老爷爷；而在老爷爷死后，我正打算出卖肉体讨生活之际，又获得武内大哥的救助。"

"我也只不过请你吃饼和洗澡而已啊！"

"你还给了我一些钱啊！我这辈子绝不会忘记这笔钱的恩情。"

武内初次得知那老人的名字叫玉田。由贵烧了开水替武内泡茶，又说：

"你知道当时我穿什么样的内裤吗？是一件脏得可怜的内裤！最近我老是没来由地想起那内裤的颜色。"

武内咧嘴笑了笑，由贵又默默陷入沉思。

"你一个弱女子凭着自己的努力，将当初在叠屋町的内脏烧烤店经营到今天的规模。而我呢？好辛苦总算才拥有一间小咖啡店。你也不过三十六岁，再努力一下，不久就会成为拥有五六家牛排馆的女企业家了。"

"对啊！既然要做生意，就要有这种雄心。"

"努力尝试看看吧！就算失败了，最多也不过是再穿一次脏内裤罢了。"

"你说得倒轻松，想开店不但得向银行贷款，还要雇用职员，更必须找一位好厨师……"

"这我知道，还得学习经营饮食业的知识。"

"我儿子说，如果我当真要做，那么他愿意在高中毕业后就来帮我忙。这孩子虽然书念得不好，但是喜欢做生意，可以成为得力助手呢！"

"是得到父亲的遗传吧？"

由贵边用手拢一下染成棕色的头发边笑说：

"他可不是老陈的骨肉呢！是在我认识老陈之前就有的孩子。"

"什么？我还一直以为是你跟台湾人老陈所生的孩子呢！"

"大家都这么认为，其实不是！"

"那么孩子的父亲到底是谁呢？"

虽然事不关己，但武内还是脱口问道。

"生下孩子后，孩子的父亲就跑了，那个人就像一匹种马。"

由贵露出苦笑答道。武内闻言大笑。

由贵做生意很实在，严格要求员工必须让客人得到无微不至的服务，因此拥有不少公司及家庭客户。

她对厨房也有严格规定，从一粒米、一滴酱油到一片肉的取用处理皆禁止马虎，因不耐烦这些规定而辞职的员工比比皆是，但能熬过来的资深员工则个个训练有素，成了她生意上的得力助手。

武内对由贵的高明手段感到惊讶，听到她准备扩大生意的计划，不由得暗自感慨当年度过苦日子的她已经是令人刮目相看。武内的脑中一直烙印着由贵十七岁时的身影，那时候她脸上涂着浓浓的妆、穿着粗布衣裳，整天跟随在那个靠桌球讨生活的老人身旁，然而，如今的她已脱胎换骨成一个雄心勃勃的女人。

由贵边收拾桌上的东西边说：

"今天我请你吃顿丰盛的晚餐吧！你以前请我吃饼，我至今尚未报答，连钱也没还你呢！"

"那是二十年前的旧账，至今一定生了很多利息吧？"

武内开玩笑说道。由贵一面露出微笑，一面从手提包中取出一副绿色大耳环戴上。

等到员工来了之后，俩人才在暮色中踏出店门。由贵对用餐场所似乎早就心里有数，在心斋桥街前面一条街向北行，走到一处十字路口时，望着挂在大楼上的其中一个招牌喃喃说：

"啊，在那儿！在那儿！"

那是一块刻着"月桂牛排馆"的木质招牌，就挂在那栋细长形大楼的三楼。

"这间店是在两个月前新开张的。我店里的一个客人告诉我，说在这儿就算连着吃一个星期也不会腻呢！"

这间店的规模很小，但所用的食器皆是高级的"伊万里"瓷器，连杂用的杯盘也皆是高级货色。由贵摊开菜单，点了奶油螃蟹、鹅肝酱布丁、牛髓汤、蜗牛派、小黄瓜凉汤以及菲力牛排。

"吃得完这么多吗？"

"不要紧，这儿的每一道菜分量都是一点点。"

在等候上菜之际，由贵仔细观察了店内一会儿，然后双肘置于桌上，问武内：

"是什么原因会促使一个人下决心冒险犯难呢？"

"这哪有一定的原因，有时只是迫于形势罢了。"

"有的人或许是因为听了算命师的话吧？"

"这倒令我想起以前有个算命师说过一家离散的卜辞。"

"谁的家？"

"我的家啊！还说得真准，令人难以置信呢！"

由于由贵刚才也点了白葡萄酒，所以她压低声音说：

"待会儿服务生端酒来时，我要看他先将酒杯摆在谁的面前，然后依此做决定，好吗？"

"什么决定？"

"就是在梅田开店的决定啊！如果酒杯先摆在我的面前，那就决定开店，如果先摆在你的面前……"

"你的决心已经下定九成九，干吗还要胡思乱想？"

"话是没错，但我是谨慎万分做生意过来的，到了紧要关头之际，我的决心又动摇了。"

"怕什么？战后你在黑市流浪时不是饿得皮包骨吗？就算再失败一下，也没什么大不了。"

端酒上来的服务生先将酒杯摆在由贵的面前。由贵边吃着菜肴，边向武内露出好几次神情暧昧的微笑，喝了酒之后，由贵的脸红通通的。

"战后之事对我而言并非往事，该怎么说呢？倒像是近在眼前。"

"眼前？……"

"嗯，对啊！就在眼前，它不像回忆，倒像是未来。一想到这个，我的心就惴惴不安。"

听到这话，武内不禁想起四处漂泊而几乎不曾回家的政夫，关于杉山替自己卜算的命运，莫非尚未画下句点？他记得杉山说过"只有宿命相同的男女才会结成夫妻"，或许这句话略做更换，改成"父子"亦同？

"对我来说，当年的桌球生涯已经是古早的事，几乎是段快要遗忘的回忆，只觉得离现在好像有几百年那样久。"

"那时候的武内大哥脸色苍白、双颊瘦削，就像是个病人。我还记得你打桌球的样子，而且还记得清清楚楚呢！你那太阳穴上青筋暴出的样子。"

由贵一面熟练地将蜗牛往嘴里送，一面瞄着武内的额头与太阳穴。

"那位玉田老先生也是一副青筋暴出的神经质脸孔嘛！"

"有一天早上我醒来，发现身旁被窝中的老先生已经暴毙，一只眼珠还掉了出来。"

"我大概永远赢不了那老先生，不论是障碍线竞赛、落袋球赛、三颗星竞赛，我都甘拜下风。每次想起老先生的面孔，我就会认为桌球终究是一种赌博，凭技术分胜负的赌博，出杆之际胆战心惊的。老先生过世之后，我的时代才终于来临。"

吃完冰淇淋甜点，喝完咖啡后，武内掏出一支烟点上火，对由贵说：

"怎么样？下定决心没？"

由贵歪着头露出浅笑，然后缓缓地点头。

"从现在起要进入战争状态了。"

武内接着又说：

"我帮不上忙，只能袖手旁观了。"

"原来你是个寡情的人啊！"

"除了金钱之外，我帮不上任何忙嘛！而我又只是间小咖啡馆的老板，哪来能派上用场的闲钱？"

"没有钱等于没有脸呢！"

俩人对看，露出笑容。

踏出店外时，太阳已经西沉，街道上亮起各式各样的霓虹灯招牌。由贵径自返回自己的店里，武内则拎着纸袋往地铁的心斋桥站走去。

每次跟由贵分手时，武内总会没来由地想起亡故的铃子；踢到铃子腹部的瞬间触觉又在右脚脚尖复苏过来，那是一种比骨头柔软而又比肌肉坚硬的触觉。

武内步下地铁的入口处，在自动售票机前买了一张到天王寺的车票，但随即又沿着原路走出来到外面，由心斋桥街往道顿堀方向步行，那是因为他临时起意想去探访久未见面的吉冈。就算他回到寓所，也没有家人在等他，所以不太想独自返回冷冰冰的寓所。

武内在人潮中往前行，想到自己犯下了一个无可挽回的大错，那就是在十八年前的某晚踹了铃子的腹部。铃子无疑是被那一脚踹死的，那一脚是造成铃子后来亡故的主因。想起这点，武内不知不觉地垂下头去，视线落在前面行人的后脚跟。

一推开红白桌球房的门，便闻到一股刺鼻的烟味。桌球房里摆着八张球台，包括三张四球竞赛用的凯伦球台、四张落袋球台及一张三颗星竞赛用的大球台。除了大球台外，其他球台皆客满，报分数的声音和球儿相碰的声音此起彼落，顾客的身影在茫茫烟雾中显得模糊不清。武内原以为政夫或许会在其中，但找了半天也没看到。他走到后头的柜台，出声向一名中年的女职员打招呼。女职员一见到武内，亲切地搬来小圆凳，同时奉上毛巾和茶水。

"老板刚巧外出了。"

"去哪里？"

"没说呢！也不晓得几时会回来。"

武内边喝茶边观看那些陌生客人的球赛，由于客人越来越多，所以只得随即起身离去。

踏出桌球房走了五六步后，突然脑中浮现一桩回忆，就是当年铃子在知恩院附近那家古董店观看琉璃水瓶时的神情。在那一瞬间，铃子的眼神恰似着魔一般，令武内至今都未能释怀，虽然他从未深究，但那情景令他此刻感到有些心烦意乱。

一想到十一年前铃子在京都春日的那一种眼神，武内不由得迈开脚步往自己的咖啡店走去。武内用钥匙打开门进到店内，先开亮了日光灯，然后推开往二楼的小门，喊着邦彦的名字，正如他所预测的，没人应声，想必邦彦是外出了。

武内将纸袋放置在厕所门口，然后站立在摆放那只琉璃水瓶的方形壁穴前，凝视着水瓶良久。

他想找出答案，为何铃子会用那种眼神瞧着这只脆弱的小小琉璃水瓶？在凝视中，踹铃子腹部那一脚的触觉又在武内的脚尖复苏。

他的耳畔似乎响起铃子的话语：

"喜欢上了嘛……连自己也觉得莫名其妙，发疯似的喜欢上那个人。"

武内告诉自己要忘掉铃子的声音，现在回忆十八年前的往事又于事何补？他努力想将杉山那副尖瘦脸颊和肩膀轮廓从脑中抹去。

他在四人座的座位上坐下来，跷起二郎腿盯着那只琉璃水瓶。就在此刻，店门打了开来，一位年轻男人从半开的门中探头进来问：

"今天公休吗？"

"是的，对不起！今天公休。"

"门口挂着公休的牌子，但店内的灯亮着，所以我还以为可能有营业呢！"

男人解开西装扣子、扯松领带，环视了一下店内，然后跨进来，疲惫地在靠近门口的一个座位上瘫了下来。

"如果能喝杯咖啡，那就感激不尽了。"

这名年轻人是常客，每星期固定独自来一两次，时间都在将近打烊之时，而且必然满身酒味，看样子是个上班族。

"咖啡是没有，要喝水的话倒还有。"

"呃，水也可以，其实我倒比较想喝水。"

年轻男人接过武内端上来的水，仰头一饮而尽，然后要求再来一杯，并说：

"我叫加山，来店里喝咖啡已经超过两年了，老板应该认得我的脸吧？"

"当然认得！你经常在晚上十点半左右到来，总是点维也纳咖啡嘛！"

"哇，真高兴，真高兴！没错，请记得我就是喝维也纳咖啡的加山！"

"你是在附近上班吗？"

"我是药品公司的营业员，公司在道修町，简单地说就是药品推销员，跟越中富山的那种卖药贩子是一样的，工作就是开着汽车到各医院去推销药品，工作完就喝酒，喝酒后就来这里喝杯维也纳咖啡，一天就这样结束，这是我这种人最喜欢的生活方式。"

因醉意而大着舌头的年轻人边闲扯边频频拿着空杯子往口中倒，虽然武内很希望年轻人尽早离去，但又找不到适当的理由下逐客令，所以暂时不加理会。加山摇摇晃晃地起身，走到墙壁前，将脸凑近那只水瓶说：

"这间店有三样东西是我最中意的，一是维也纳咖啡的味道，二是花。每次来这里，我就感叹花竟然会这般美丽。最后一项就是这只绿色的玻璃容器。"

"那叫作琉璃水瓶。"

"哦，琉璃水瓶吗？"

加山用双手将长裤拉高些，跟跄地移动两三步，望着琉璃水瓶，不停地喃喃道：

"我一看到这只琉璃水瓶，就想起故乡的海洋。我出身于小豆岛，从小看着这种颜色的海洋长大。虽然已有五年没回过故乡，但我每次来这里眺望着水瓶，感觉就好像是眺望着一小片故乡的海洋。"

武内一面漫不经心地听着加山的醉言醉语，一面走到入口的电灯开关处想关掉灯光。突然若有所悟似的猛然回头望着水瓶，一阵强烈激动涌上心头，他忆起了杉山所画的海洋颜色，跟琉璃水瓶的翡翠色一模一样的海洋。

武内忘了加山的存在，茫然地伫立在当场，此刻他才恍然大悟，原来铃子竟然如此深爱着杉山。在十一年前的那一天，铃子瞧见古董店橱窗内的翡翠色琉璃水瓶之际，无疑是怀想起杉山所画的海洋颜色，因此压抑不住满腔的思念。武内猜想，铃子虽然是盯着水瓶瞧，但出现在她眼中的大概是杉山的身影。这只是武内自己的臆测，但他相信一定是这样没错。武内在心底反复呢喃……原来铃子是那般深爱着杉山啊！

"我要回家了，请你改天再惠顾，好吗？"

武内对加山说道。他想要独自一人坐着，看那只水瓶。

"我也要回家了，一起走吧！"

加山答道，将扯松开来的领带猛然拉紧，跌跌撞撞地走到门口。

"我来帮你关灯！"

随着加山的话声，店内的灯光霎时熄灭了。

武内不禁对铃子怀着未曾有过的怜悯之情，既然那般深爱杉山，为何铃子又要离开他而返回道顿堀呢？为何要出现在自己的眼前呢？铃子跟杉山之间究竟发生了什么事？

　　武内怀着空虚与无奈的心情，随着满身酒味的加山走出门口，然后关门上锁。

# 5

町子慌张地跑来河川咖啡店，因为她那条名叫小太郎的三脚狗走失了。

"那么，阿邦，陪我一起去找，好吗？应该不会走远，就怕它在路上被车辗到了。"

"狗哪有那样容易就被车辗到？"

伦敦酒吧的老板插嘴道。

"可是它不是一般健全的狗嘛！原本就少了一条腿。"

町子的身上除了酒味外，还带着一股淡淡的白檀香。

町子在五年前还只是新町的一名艺伎，后来被一位大老板包养，现在则在玉屋町经营一家名为"梅树"的小小料理店。那位大老板原是心斋桥街一间老字号贵金属公司的社长，年过七十后便告退休，将公司让给儿子继承，但现在也很少到町子的店里露面。据町子自己说，那位大老板就像父亲般地待她。邦彦不曾见过大老板，仅能将他想象成一位仙风道骨般的老人。

"啊，我在来这儿的途中见到那条狗，正在角座剧场前面一瘸一瘸走着呢！虽然只看了一眼，但应该是条三脚狗没错！"

坐在柜台前喝咖啡的人妖阿薰说。阿薰经常是一身洋装打扮，但这天竟难得地戴着一项日本发髻式的假发，穿着一袭粉红色和服，手指涂着蔻丹，手上拿着一个镶珠皮包，颜色与和服的相同。

"哎，是什么时候呢？"

"嗯，大概是七点多吧！"

坐在阿薰身旁喝着咖啡的伦敦酒吧老板望着阿薰的侧脸，用做作的口吻说：

"再怎么看，你都像个俏丽的艺伎……很难相信你的下面会长着卵蛋呢！"

阿薰闻言后，嘴角往下一扯，怒瞪着伦敦酒吧老板说：

"真讨厌！满脑子想着腰带下面的人最肮脏了！"

众人一阵哄笑，唯独町子面无表情地伸手到桃花心木桌上拨弄着洋兰的花瓣。

"喂，喂，你别摘啊！这花好贵，我想摆上个十天左右呢！"

武内笑道。

町子慌张地将手缩回来。

"狗最重恩情，只要养上三天，它就不会忘记主人。你别担心，它自己会回来的。"

伦敦酒吧老板边安抚町子，边盯着阿薰的脸瞧，接着又说：

"阿薰，你当真不喜欢女人而喜欢男人吗？"

"也有些男人是让我觉得讨厌的。"

阿薰答道。众人又是一阵哄笑。

"那么，阿邦，陪我一起去找吧！老板，向你暂借一下阿邦，好吗？我一个人不晓得从何找起嘛！"

武内闻言点点头，从柜台内向邦彦招手，然后附在他耳边悄声交代：

"你顺便去一趟红白桌球房，叫政夫过来一下。"

邦彦与町子正想出门之际，店里又进来了五六个客人，由于邦彦必须应付这些客人，所以町子就说自己先回店里等，言毕径自离去。

跟武内分头应付了这些客人后，邦彦才出门来到宗右卫门町的街道上。

在一家大酒吧的前面，站着一名邦彦认识的男人，身穿黑色西装，整晚在酒吧的前面徘徊。男人的脸色苍白，脸孔堪称英俊，但眼露凶光，每次见到邦彦，总是投以浅笑并说一句"别着凉了"。

对这个总是说同一句话的奇怪男人，邦彦觉得他似乎对自己怀着某种敌意，但仍然以同样的浅笑回应之。邦彦听政夫说过，这个男人是领酒吧的薪水而在门前把风的。

"别着凉了！"

这晚，这个男人依旧对邦彦说同样一句话。在擦身而过之际，邦彦闻到男人身上浓厚的古龙水味道。邦彦猜想自己的表情约莫也是跟这男人一样，在眼神与脸色中散发出相似的凶狠幽光，但他相信自己和这男人并非同类，至少他不会像对方这般随便向人挑衅。邦彦在太左卫门桥前的十字路口向左转。

梅树料理店中坐满了客人，负责招呼客人的是一位相貌温和的中年厨师。町子通常坐在二楼的房内看电视或躺着阅读周刊，高兴的时候才下楼招呼一下客人，稍觉心烦，便又溜回二楼。所幸厨师阿胜的手艺出色，所以有许多老客人常来捧场，当然，来客之中绝大多数是只在乎美食而不在乎美女的。

厨师阿胜一见到邦彦，便用菜刀柄在楼梯口轻敲了几声。町子闻声下楼来，向邦彦合掌说：

"对不起！还麻烦你跑这么一趟。"

"咱店里的老板娘只在意狗而不太在意客人，还请多包涵才好！"

头绑束发巾的阿胜插嘴说。

"我倒觉得她好像比较在意年轻小伙子呢！"

一名上了年纪的客人戏谑说。

"哎，这是什么话？我只不过是请他帮我找狗啊！"

町子顶了一句，然后拉上格子门外出了。

"店里打烊的时候，我将它拴在巷子里，不晓得它怎么挣脱了。"

町子对邦彦说。然而要找还真不晓得从何找起，两人只得决定先从阿薰瞧见过狗踪迹的角座剧场前面找起。

中座到角座之间的街道挤满了人，似乎是观众刚从剧场看完戏，成群结队地挤了出来，两人陷在人群中几乎寸步难行。沿河边的大型餐馆墙边可见亲子相携，出神地看着那只巨型电动螃蟹的脚动啊动的。最后总算冲出重围来到戎桥的南侧，町子说想沿着御堂街去找，此刻的御堂街上停着一长排候客的出租车。

"我想过马路去，沿着河边找找看。"

"这条路上的车子很多，那条狗会过马路吗？"

邦彦质疑。町子认真地回答：

"小太郎最喜欢穿越马路，那条腿就是这样被车子辗到的。"

俩人穿过马路，沿着道顿堀川往西走。町子显得有些泄气，用那习惯性带着鼻音的声调喃喃说：

"哎……真找不到的话，我就要搬回阔别一个月的家里住了。"

町子所住的公寓位于帝冢山，在那里禁止饲养作为宠物的高级猫犬以外的杂种猫犬，自从她收容了小太郎这条流浪狗之后，便一直住在梅树料理店的二楼。

"哎？"

邦彦望着町子的脸发出惊讶声，接着说：

"今天你的眉毛比平常细呢！我现在才发觉。"

像线一般细的人工眉毛旁边，剃掉的痕迹特别明显。

"看起来会怪异吗？"

町子用双手遮住眉毛，仰脸望着邦彦又说：

"我今天眉毛画得不顺……最近常会这样。"

"町子大姐今年几岁啦？"

"不可以问这种事呢！我跟你的年纪一般大哦！"

两人并肩走在九郎右卫门町的街道上，各式各样写着"河豚""鸡肉火锅""螃蟹火锅"等的大招牌在头顶上闪烁，空气中飘浮着闹街特有的腥臭味，而一股淡淡白檀香气则从穿着丝绸和服的町子身上散发出来。

"其实我比你大八岁啦！"

町子吐着舌头说道，紧接着又说：

"还要再加三岁！"

邦彦闻言不禁笑出声来。町子仰着娃娃脸说：

"这是我第一次见到你笑出声音，平常你都是一副莫测高深的表情呢！"

"我平常也会笑啊！"

町子从邦彦的脸上收回视线，歪着头在想着要说的话。

"说你的表情茫然也不对，该怎么形容才好呢……哎，我想不出适当的形容词。"

"我倒认为你若不画眉毛的话，会更漂亮。"

"可是若不画眉，就好像个没脸孔的鬼呢！有的人还说像是个妖怪。"

"是他说的吗？"

邦彦比着大拇指问道。

"他才没这么说。再怎么样，他都说很可爱呢！"

"嗯……"

跟町子谈起话来，邦彦也认为"可爱"是最适合町子的形容词。

"他今年应该是七十四岁啰！"

"我好像很少见到他来心斋桥的店里找你。"

町子瞄了邦彦一眼，好像有些难以启齿地小声说：

"他每个月只跟我同床睡一次，但是已经不做那档子事了。当初他原本就不是贪图那事。他说要让我一辈子过得无忧无虑，而妈妈桑也说他最适合照顾我。那是十年前的事情，那时候他的妻子刚刚过世。"

邦彦正张嘴欲说话之际，町子却微笑着抢先说：

"这是我第一次跟年轻男人这般散步。"

而邦彦的心情则好像是在跟一个年纪比自己小得多的少女说话。

邦彦和町子似乎都忘了搜寻小太郎一事，俩人漫无目的地往西一直走，路旁的特种行业商店逐渐减少，行人也越来越稀疏。

过了大黑桥，俩人依旧沿着河边行走。谈话暂时中止，邦彦正想找话说之际，町子忽然冒出一句：

"我有时会认为自己是个废人。"

"为什么？"

"因为……我什么事情都不懂嘛！"

走到四桥街尾端的深里桥时，可见到属于国铁所有的凑町车站就在左侧。一辆汽车从俩人的面前驶过，路上不见行人，俩人站在红绿灯前等候。

"从这儿再过去的路我就没走过了。"

町子说道。

"再过去是木材堆积场，沿着河边有许多木材行。"

绿灯亮起时，町子抢先迈出一步，看样子似乎是还想继续走下去，她用双手拢紧和服的衣领，跟随着邦彦的步伐穿越过马路。

"走到幸桥，好吗？"

邦彦说道，因为他想起武内说过站在幸桥中央眺望道顿堀夜景的话。走过住吉桥之后，路旁便开始出现木材行的招牌，昏暗的街道在众多木材行的招牌下笔直往前延伸。

过了西道顿堀桥而尚未到幸桥之间的路上，几名服装时髦的年轻人大摇大摆地迎面而来，邦彦和町子闪身到路旁。一伙年轻人中的一人在擦身而过时怪声叫道：

"这妞真漂亮！"

其他人也回头跟着起哄：

"好像是颗樱桃呢！"

尽管町子已经不再是小姑娘模样，但"樱桃"这一词用来形容她倒也不失几分贴切。

"这些家伙不是在嘲弄你，而是对你真心赞美呢！"

邦彦凝视着低头不语的町子，轻声说道。

走到幸桥的正中央处，邦彦和町子停下脚步，倚着栏杆眺望着远方道顿堀五光十色的夜景。河面上没有亮光，看上去好似一条通往闹区的深邃街道，绕过一座座桥，一直延伸到远处的高楼大厦。河中浮着一些长满青苔的大圆木，望着好似散置在路上的黑色岩石。路的尽头浮现出一幅方形银幕，银幕上闪烁出七彩灯光。

邦彦首次意识到彼处正是自己生活的地方，自己就生活在那寂静但五光十色的红尘中。

"哎呀，没想到我们来到了这么远的地方。"

町子讶异道，的确，从这儿望去，道顿堀变得好小好远，好像位于边疆之地。

邦彦低头望着町子的脸。

"说什么我像颗樱桃，我才不喜欢樱桃呢！"

话声刚落，町子便将身体向邦彦靠过来，或许她只是在无意中仰起头来，却跟邦彦俯视的脸孔碰个正着。两人一触即分，但邦彦的唇边已留下了口红的香味。

"小太郎不会回来了。"

西风从俩人背后吹来，将浮在水面上的一根绳子吹往水流的反方向。望着河面上的短绳，邦彦的脑中浮起小太郎用三条腿走路的姿态。

"小太郎不会回来了。"

町子用同样的语调重复一遍刚才的话，然后露出微笑，同时很明显地将樱唇自动凑向邦彦的脸。

两人紧贴在一起，过了半晌才分开来，然后默默地由原路踏上归程。由于邦彦还必须到红白桌球房叫政夫回家一趟，所以走到道顿堀桥时便停下脚步，町子则轻轻地向他挥挥手，然后上了桥消失在人潮中。

对邦彦而言，这虽是生平第一次，但女人的樱唇触感却让他感受到一种回味无穷的怀念。邦彦将两手插入裤袋，舔着舌头回味町子的唇舌余香，快步地行走在夜晚的街头。

邦彦推开桌球房的玻璃门往里面一瞧，便见到政夫正在最里面的球台和附近一间大店铺的老太爷赌桌球。这老太爷的球技也相当出色，但又常常打不赢年轻的政夫，因而越发激起他求胜的傻劲。

桌球房老板吉冈坐在球台旁的长椅上，膝上抱着一条母的小哈巴狗，小声地念出两位参赛者的分数，一见到邦彦，略见肥满的脸孔便露出一个笑容。

"你的功力真强！真是虎父无犬子，你跟你父亲一般擅长精确计算，令我穷于招架。尤其你从后面翻袋进攻的那一下子，更是武内铁男当年的拿手绝招呢！"

比赛结束后，老太爷将几张钞票递给政夫，感慨地说道。政夫接过钞票，继续吃那碗吃了一半的拉面，接着才抬起头来对邦彦说：

"这倒稀奇！你怎么会在这个时间来呢？"

"是老板拜托我来叫你的。"

"嗯……"

"阿政，你大概很久没回家了吧？"

"嗯。"

政夫一副不起劲的样子，在邦彦的催促下才不情不愿地起身。俩人来到外面的街道上，从法善寺方向飘来的线香味道直扑俩人的鼻子。

宗右卫门町的街道上处处可闻演歌的乐声，汽车鸣着刺耳的喇叭声在狭窄的街道中缓慢穿梭。一个身穿和服的男子单手持着三弦琴迎面而来，这小个子的中年男子斜着肩膀，走路呈大内八字。此人是邦彦见过的一个无赖汉，走起路来眼睛不看左右，一向是盯着前方远远的某一点疾步而行，脸上表情木然，宛如戴上面具的能剧演员。

"跟刚才那位老太爷打了半天球，肩膀都酸痛了。"

政夫边说着边转动了一下臂膀，刚巧碰到擦身而过那个无赖汉手上的三弦琴。

"你这是干什么！"

骨瘦如柴的无赖汉停下脚步，眯着死鱼般的眼睛对着政夫大吼，接着又狠狠地说：

"你是不是活得不耐烦了？"

"我不是故意的……"

政夫低头道歉。无赖汉这才转身离去。

"我最怕这种家伙了。"

政夫望着无赖汉的背影，咬着自己的指甲小声呢喃，然后对邦彦说：

"那家伙有一项本领呢！"

"什么本领？"

"就是讨女人欢心的本领，而且高明得令人难以置信，他就是靠这套本领吃饭的。"

"哎……"

邦彦闻言，不禁再度回头瞧瞧远去的那无赖汉的背影。他忆起无赖汉刚才怒视的眼光，虽然是一种冷漠又死沉的钝光，但其中又似乎确实存在着一丝淫猥的气息。无赖汉身上那件华丽的茶色外褂和白净的足袜，一直浮现在邦彦的心头。

"怎么这么晚？"

武内一见到俩人便劈头问道。咖啡店中此时只剩一对在角落座位上窃窃私语的年轻男女，政夫沉着脸在柜台前坐下，边用小指挖耳朵，边瞄着父亲。

"有什么事呢？"

"没有事！没事就可以不回家而四处流浪吗？"

仅剩的两位客人也走了，邦彦清理过桌面后，进入柜台内打算清洗堆在水槽中的杯盘，却发现清洁剂用完了，因想起二楼的小柜子中好像还放着些备用的清洁剂，于是便上了楼梯。

一进入房间，邦彦便在床上躺了下来，感觉到体内有一股町子身上的香气在游走。楼下断断续续传来武内父子的谈话声，邦彦盯着低矮的天花板，在脑中想起町子那张剃了眉毛的小脸蛋。

如果町子所言不假，那么她就比邦彦大十一岁，也就是三十二岁。邦彦试着回想自己与町子相拥那一刻的感觉，但脑中浮现的竟是从幸桥远眺道顿堀时所见的灯光。原本应该是华丽辉煌的灯光却透出他未曾体验过的冷清，那又冷清又渺小的景观留在他的心头挥之不去。

就像一艘五光十色的船在黑夜中出航，而他则目送船影完全消失，随后便是无尽的空虚寂寥。对他而言，从幸桥眺望到的夜道顿堀宛如一艘满饰着旗帜的无人空船。

楼下突然传来东西摔碎的声音，而武内铁男的怒骂声也同时响起。邦彦急忙下楼来，只见父子俩脸色苍白地互相怒视，地上则散落着洋兰及花瓶碎片。

"你这混蛋！"

武内吐出一句，拳头直飞政夫的脸。政夫疼得皱起了脸，往后倒退，欲避开正要再度挥拳的父亲，刚好将置于柜台上的一个杯子扫落在地。落地的杯子立即碎裂开来，父子俩喘气怒目互视。邦彦立刻挡在两人中间，问说：

"你们俩在干吗？"

政夫用手抚着额旁的一块青紫，叫道：

"我说老爸错了，桌球是不折不扣的运动，我要靠这行吃饭。"

"净说些鬼话，什么运动？你这是在赌博！"

武内顶了一句，推开邦彦直趋政夫。大概是害怕又要挨揍，所以政夫直往店的后头跑。武内却出乎意外地抓起自己的外衣，大步地踏出店门。

政夫边用手揉着额旁边在柜台坐下，接过邦彦递过来的湿毛巾，放在痛处冷敷许久。当邦彦正在收拾地上的洋兰、花瓶、杯子的碎片之际，阿薰却醉醺醺地走入店中，满嘴酒臭地说：

"来杯果汁吧！啊呀，好想喝杯美味的果汁。"

"我们已经打烊了！"

邦彦冷冷地回答。阿薰又慵懒地说：

"那么就来杯水吧！我会付钱，这总可以吧？"

阿薰似乎心情不佳，倚在座位上一动也不动。

"阿邦，今晚让我在二楼借宿吧！"

政夫怒气未息地说。

"我也要借宿，咱们三人一块喝个通宵吧！"

不待邦彦回答，阿薰已经自顾自地当场解开和服衣带，趁邦彦在锁门之际，和政夫一块上了二楼。邦彦拿起阿薰丢在桌上的银色衣带，随后上了楼。

已经卸下假发的阿薰接着又脱下和服，穿着贴身衬衣一屁股坐在邦彦的棉被上。政夫额旁的青紫已经肿胀，变成赤黑色，他站在窗前往下望着夜晚的河流。由窗外射进来的霓虹灯光将房间内染得忽红忽蓝。由于狭小的房间来了两名不速之客，邦彦被迫在角落抱膝而坐。

"什么时候开始想当人妖的呢？家人对你有何看法？兄弟姊妹呢？故乡是哪里？我最讨厌向我问这些问题的家伙了。我又没有对任何人造成麻烦啊！只是喜欢打扮成女性而已，难道还需要什么理由吗？那个老色鬼以为有几个臭钱就能随意玩弄女人，别做他的大头梦！"

阿薰坐直身子，从皮包内取出化妆用具开始卸妆。他卸妆后的脸孔看起来有些少年老成，带着几分疲乏。

邦彦问起了父子俩吵架的原因，但政夫没答话，离开窗边躺下来钻入被窝中。

"你可别有什么怪异举止才好，告诉你，我可是个守身如玉的人呢！"

闻言后，政夫霍然坐起身子，对着躺在一旁的阿薰反唇相讥：

"你这家伙既然卸了妆，就请别再像娘们儿般那样说话吧！你躺在我身边，我才需要担心自己的童贞呢！"

"女人用娘娘腔说话有何不对？哎，我们喝酒吧！去买酒来喝。"

"你自己去买！"

阿薰嘟囔着说些什么没化妆怎能外出等的话，然后便沉默了下来。

远处传来汽车喇叭声及女人的莺声燕语，夜晚的道顿堀四处洋溢着醉客的话声与喧闹声。邦彦朝床上瞄了一眼，只见躺着的阿薰闭着眼将双手交叉抱在胸前，脸孔及嘴唇皆缺乏血色，染成棕色的头发上停着从几天前就一直逗留在房内的一只大苍蝇。

邦彦闭上眼睛，眼前浮现出先前那无赖汉脚下跳动的白袜，袜子的白色忽然变成冷冷的蓝色火焰。

"老爸叫我以后别再打桌球了。"

政夫开口道。邦彦仰躺着睁开眼睛，视线追逐着那只再度在房间飞舞的苍蝇。

"他妈的！这讨厌的苍蝇。"

政夫起身，将报纸卷成筒状，朝着苍蝇用力挥舞。

"老爸的想法错了，桌球现在已经是一项运动。职业棒球赛和拳击赛还不是会有人下赌注吗？时代不同了，时代……"

"可是你总不能打一辈子的桌球吧？"

"有的人就是这样啊！像京都的吉永隆一、关东的生岛谦吾和多田春彦、大阪的森崎二郎，这些人都是职业选手，也都参加过世界杯比赛。我的年龄也足够当选手了，老爸自己不也是从十二岁就开始打球了吗？"

政夫终于将停在窗上的苍蝇打死，盘脚在棉被上坐下，用手指指着阿薰的头，又说：

"难道不比这家伙的想法来得正派吗？"

却没料到阿薰没睡着，翻个身坐起来，用指头在政夫的头上敲了两三下，说道：

"别这家伙那家伙的，你说比我的想法更正派，究竟是什么意思？"

"你想当一辈子的人妖吗？等到你满脸皱纹时，还扮成女人扭着屁股走路吗？"

"我当然考虑过未来，这是我的工作，既然是工作，当然要认真地打扮嘛！"

"男人会仅仅因工作需要而装扮成女人吗？你真是有病，还病得真可怜呢！再怎么装扮，还是不能变成女人，懂吗？"

阿薰嘟起嘴，抓起邦彦的枕头掷向政夫，政夫则出掌拍打阿薰的头。邦彦将他们分开，说道：

"要打架的话，两个人通通出去！"

阿薰尖叫着，扬起双手的指甲想去抓政夫的脸。

"阿邦，我看这家伙是疯了。"

政夫笑着爬走，步下楼梯后又取了一瓶威士忌上楼。

"若老爸肯答应，那么我就能专心打桌球了。"

政夫边喝着威士忌边喃喃道。

"又何必拿它当职业，拿来当闲暇娱乐不好吗？"

阿薰接连抽了两三支烟，狭小的房间内霎时满是烟雾。

"可是我想将打球当成职业啊！"

为了让空气流通，政夫推开了窗户，手握着酒杯，将头伸出窗户。

"阿邦，你大学毕业之后想干什么呢？"

"先找个公司上班吧！然后再做打算。"

"打算进哪一行的哪家公司呢？"

"凭我的成绩可无法挑三拣四，能不能毕业都还成问题呢！"

"这样说来，我岂非志向最坚定？我已经选定了将来要走的路，不是吗？我要进入桌球界，谁敢断言我没前途？"

"你应该好好向父亲说明自己的志向，千万别在开口前就准备吵一架，这样才不会坏事。"

邦彦说道。

"是老爸自己先发火的啊！从一开头，他便不想听我的说明。"

政夫一面揉着挨揍后的疙瘩，一面为阿薰的空杯子倒酒。

"我正在存钱，虽然才存了半年，但我打算拼命再存个五年。我的开销很大，或许存不了什么大钱，但我绝非浑浑噩噩地过日子。"

阿薰又说打算一辈子在这一行讨生活，他解释：

"像我这样的人也只能从事这一行嘛！"

"照你这么说，就是想当一辈子的人妖啦？"

政夫说道。阿薰噘着嘴答说：

"笨蛋！我不是因为打扮成女人后才想变更性别的。我若想卸下妆、穿普通男人的衣服，也并非做不到。在这世上，外表像正常男人，骨子里却是女人的人比比皆是呢！"

"听你一说，我倒是越来越迷糊了。"

说要喝通宵却最先睡着的人正是阿薰，政夫将威士忌酒瓶和酒杯放回一楼的柜台后，也钻进被窝入睡了。邦彦还在想念町子，跟自己并肩远眺道顿堀这艘彩船的町子此刻正全身飘香地浮现在眼前。

# 6

时间迈入十二月，腊冬寒风吹得道顿堀川起了阵阵涟漪。邦彦参加了两家公司的招聘考试，但在第二关的资料审核时给刷了下来。武内认为这只怪邦彦的父母过世得早，所以想尽些心力帮他谋份好差事。这一天，武内提早打烊后，带着邦彦前去梅树料理店。厨师阿胜见到俩人，打了声招呼：

"啊，老板！好久不见了。"

然后用手中的研磨棒敲了敲楼梯口。町子闻声下楼来，此时店内难得地还没有客人。

"你用那根棒子敲楼梯，究竟是做什么暗号？"

武内好奇地问道。阿胜边瞄着町子边大声笑说：

"这暗号是表示店内没有不受欢迎的坏客人，通知老板娘可以安心下楼。我们老板娘对客人挑剔得很呢！"

"这样子还能做生意，实在厉害！"

阿胜将双手撑在柜台上探身出来，表情像是在问俩人今天被什么风吹来。

"你猜得出吗？"

"猜不出，像是特地提早打烊来喝一杯的样子。"

"今晚是来庆贺邦彦就业考试失利。"

武内拍拍一言不发的邦彦的肩膀。

"这……好像不能算值得庆贺的事吧？"

"那两家烂公司只因他没有双亲而不予录用，他没进入那种烂公司就该庆贺。反正在那种公司任职也不会有啥前途可言的。"

"这话也有道理。"

阿胜望着邦彦，又认真地说：

"你老板的话没错！世上常有祸福相倚之事，你应该打起精神！"

"我们这几个人当中，只有阿胜拥有美满家庭。"

武内边喝酒边对町子说道。阿胜笑逐颜开地数起自己的子女：

"老大就读高三，但脑筋不行。老二是个女孩，就读初一，懂得帮母亲做家事，是好女孩，但可惜长得不漂亮。再就是相差一岁的老三，这可是个连我这个老爸都伤脑筋的捣蛋鬼男孩。最小的老么今年刚上小学，晚上还会尿床呢！"

武内觉得自己在道顿堀见过不少类似邦彦的年轻人，

这些人的温和外貌下皆隐伏着一种令人担忧的阴郁及凶暴。武内也是早年父母双亡，在仰赖别人脸色吃饭的日子中成长，说起来他的青年时代也跟这些人相仿。但武内熬了过来，而眼见那些年轻人则一个个地在红尘闹市中迷失了自我。

町子的话不多，偶尔凑合着陪饶舌的阿胜说几句，其余的时间就兀自啜饮着杯中酒。武内忽然想起町子最近都没来河川咖啡店露面，便随口问了一声。

"你没看她一副茶饭不思的样子吗？我猜她八成是在恋爱吧！"

阿胜将烤鲥鱼盛在盘中，插嘴道。

"哎？原来你瞒着老太爷做出那种坏事啊！"

武内揶揄道。

"才不是呢！是担心小太郎会死在外头，所以才心情烦闷……"

町子笑着回答，然后拿起空盘起身进入柜台内。这时候有两组熟客进门来，梅树顿时宣告客满。

"阿邦，你别担心就业的事情，大学毕业生不一定非当上班族不可，在我的店里工作也是一种职业啊！"

武内手持杯子，用正经的口吻切入正题，把一直放在心里的话说给邦彦听。

"照我的想法，就算是处于最坏的情况亦无须担心。只要不挑三拣四的话，工作机会多得很。你没进那种烂公司，我认为反倒是因祸得福呢！"

一见到邦彦一时之间答不上来，武内又说：

"或许你会认为，既然如此，那当初何必辛苦去念大学，我认为这就是一种机缘，是我跟你结识的机缘。"

邦彦答说：

"我对大学并不在意，不久前阿政也跟我说过，在考虑前途这一点上，他比我强多了，因为他已经决定要进入桌球界讨生活。"

闻言后，武内咂嘴说：

"这世上只知沉迷于逸乐的人还真不少呢！"

依他的想法，靠桌球过活正如同水中捞月般不切实际。

"当初不是你教阿政桌球的基本技术吗？"

"我从来没教他打过桌球，大概是这小子自己摸索出来的吧！"

"可是红白的老板说，阿政的桌球招数就宛如武内铁男当年的拿手戏呢！"

既然吉冈这么说，那应该错不了，因为吉冈是内行人，而且又是武内的多年搭档。

"哦，政夫的桌球招数果真跟我很像吗？"

武内不禁产生想亲眼见识一下的念头，说起来，他从未见过政夫打桌球的模样。

"我很讨厌赌徒的嘴脸，每个赌徒几乎都是相同的一副嘴脸，我想自己以前也必然相同。你瞧政夫的脸就知道了，不正是尖嘴猴腮的一副贫相吗？靠赌过活的人就算赚了大钱，那副嘴脸还是改不了。"

武内打算到红白桌球房走一遭，当他踏出梅树的大门后，内心涌起一阵激动，仿佛听到铃子的声音在嘈杂的夜晚中传来。

"我是被你踹死的啊！"

铃子似乎是笑着这样说。

"是你自己说不想活了，叫我杀了你的啊！"

武内在心底顶了回去。

"当时我若不那样说，哪能平息你的怒气？"

"你跟他在天草究竟发生了什么事？"

武内问道。

"很多事嘛！"

"很多事到底是什么事？你不是疯狂地爱着杉山那家伙吗？"

"我已经忘了他，也忘了你。"

当武内在心底和铃子交谈到这里时，并肩同行的邦彦笑着凑过来说：

"阿政看到你一定会吓一大跳呢！"

红白桌球房里人满为患，八张球台边全挤满了学生模样的男孩、带着女伴的混混等，他们用蹩脚的技术打着玩。政夫正无聊地坐在角落的长椅上阅读周刊，而吉冈则拿着饼干在喂膝上的那条哈巴狗。

"阿铁，近来可好？"

吉冈一见到武内，便眯着小眼睛招呼道，同时放下哈巴狗，起身拄着手杖走了过来。上了年纪的吉冈越发面无表情，独自过着孤单的生活，也越发迷恋起娼妓，令武内颇为同情。有一次，吉冈对武内说"都是战争害我成为变态狂"，同时还拿出所收集的一大堆春宫用具示之。

"生意很兴隆嘛！"

"托福，托福！来客大多是些正当人士。"

"我那不肖子大概是头号的小流氓吧？"

"哪里会？他打球干净得很！"

"最近怎么不见你来我店里走动呢？"

武内的口气带着些讽刺。

"不是我不讲交情，而是从一年前起，我的腿一走起路来就会疼痛。"

吉冈皱着脸指着自己的大腿答道，然后又暧昧地笑着说：

"都二十几年的旧伤了，还是痛得要命。"

政夫见到父亲出现，露出复杂的表情偷听父亲与老友的对话，但故意将视线转到一旁，跟邦彦说着一些玩笑话。武内在儿子身畔坐了下来，掏一支烟叼上。

"你的三餐吃得都正常吗？"

"正常啊！"

"别光叫便当吃，否则会弄坏身体的。"

"嗯……知道啦！"

"你晚上都在哪里睡呢？"

"很多地方可以睡，有时去朋友家睡，有时去'三温暖'的休息室睡，有时去邦彦那里睡。"

"你猜我今天为什么来这儿？"

"我……猜不出。"

"我是来看你打球的。"

"嗯？……"

武内原本是要来看儿子打桌球，但在谈话之间又临时改变了主意。他坐在长椅上，沉浸在桌球房内的喧闹声中，烟雾袅袅飘向天花板，球台上的球旋转起来，形成一条条或红或黄或棕色的轨迹，球与球碰出高高低低的声响，在八张球台上此起彼落。球台周围的那些球杆好像几乎就要触到垂在天花板下的日光灯，沉滞的空气混杂着低低的说话声，其中不时传出笑声和叫声。

在四球竞赛专用的球台上，有一名老人默默地在打球，另一名叼着香烟的多嘴男人则坐在台边，毫不在乎地以两脚离地的犯规动作出杆。满室弥漫的烟雾缓缓地往外扩散，武内突然开口对政夫说：

"如果你在球台上输给我，你肯放弃桌球吗？"

政夫惊讶地望着父亲：

"老爸要跟我较量桌球吗？"

"如果你输了，就必须放弃靠打球吃饭的想法，今后的事由我替你安排，明白吗?"

政夫陷入沉思，那眼神还带着些纯真气息，而脸部的轮廓则酷似亡母。武内相信若儿子是由自己抚养长大的话，那么一定不至于像今天这般不学好。

"老爸，你根本就是讨厌我。你总是用冷淡的眼光看我，跟我打球扯不上关系，你讨厌的是我这个人。"

政夫仰脸用挑衅的口吻答道。站在一旁犹有醉意的邦彦则用深邃的眼神盯着武内瞧，那眼神令武内有些担心，在内心猜想着自己是否曾经将有关铃子的事说漏了嘴。邦彦摇着政夫的肩膀说:

"阿政，你若输了，就听话地到店里洗盘子吧!"

政夫迟疑不决地观望了一下四周，说道:

"这么突然的问题……"

然后小声地接着说:

"如果我赢了呢?"

武内正欲开口之际，一旁拄着手杖的吉冈插嘴说:

"那么你以后可以永久免费在我的店里打桌球。"

吉冈对于赌注和对手球技的估计精准无比，截至目前未曾落空过一次。

"好! 若输了，我就放弃桌球。"

政夫站起身子，微歪着头答应，随即加上一句:

"可是我今天不比! 我今天的状态不佳，改天再让老爸见识我的功力吧!"

武内离去时，吉冈送他到外头，然后在他耳边低语：

"我找到了一个可以当老婆的女人呢！"

"那女人几岁？"

"二十九岁。最近才跟她的小白脸分手……我的运气真不错呢！"

武内冷淡地回答：

"那不好！我不赞成你这桩婚事！"

武内边走边回想政夫刚才所说的话，连自己也不明了为何会对政夫怀有莫名其妙的疙瘩。

他思前想后也只能找出一个可能的答案，那就是政夫曾跟着铃子到天草和杉山生活过一段日子，尽管时间很短，尽管政夫当时是个不懂事的幼儿，但仍改变不了这个事实，所以才会在他的心中留下一种根深蒂固的恨意。他不禁认为自己太小家子气，暗自决定今后要多对政夫付出自己的亲情。

虽然心中是这么决定，但政夫小时候被杉山抱在怀中撒娇的模样仍在脑中挥之不去，就算不曾亲眼看见，政夫也终究在二十几年前背叛过自己。武内一边想着，一边嘲笑自己这种怪诞的记恨心态。

# 7

　　河川咖啡店内坐满了等待上工的酒吧女，伦敦酒吧的老板也带着里美来到。七点过后，窗外原本淡蓝的天空就完全变黑了，同时也闪烁起令人目不暇接的七彩霓虹灯光。

　　伦敦的老板用手指抚摸着额旁，坐上柜台前的椅子，点了一杯咖啡，然后从坐在旁边的里美手中拿过来一台小型录放音机，反复地按了几下开关，随即将它置于一旁，用手托着下巴。

　　"还是不行，坏掉了，只得再买一台新的了。"

　　伦敦的老板叼着烟望着里美说道。

　　"我的店里没有音响设备，只有有线广播音乐台。"

　　伦敦的老板大皱着眉头对柜台内的邦彦道：

　　"阿邦，你知道哪里有卖便宜录放音机的店吗？"

　　"不太清楚，日本桥一带的电器行应该会有吧！"

　　"我看还是跑一趟去买一台好了。"

里美留着一头垂肩的乌黑长发，穿着一件宽松的针织毛衣和一条黑色宽摆裙，指甲上涂着鲜艳的蔻丹，由于脸上没有化妆，所以更加凸显出指甲上蔻丹的鲜艳。她身上的肌肤雪白滑嫩，大大的眼睛闪闪发亮。

"没办法，只好再买台新的了，这是我吃饭的工具。要是没有录放音机，从今天起就无法工作了。"

里美用赌气的口吻说道。她一说话，那嘴唇就充满弹性地跳动，使脸上散发出一种诱人的官能刺激。她才二十岁，一说起话来却显得成熟许多，面无表情时，却又看起来宛如带着几分流气的高中女生。

"阿邦，今晚八点到我店里来观赏里美的脱衣舞表演吧！"

"哎？里美要在伦敦表演吗？"

邦彦问道。

"我请她从今天开始前来表演，她可是个忙得很的红人呢！我费尽唇舌才终于让她点了头。"

里美是个脱衣舞女郎，一向带着录放音机游走于各酒吧、俱乐部表演。她在特定的时间到驻演店里，伴随录放音机流出来的音乐声，穿梭在客人之间表演脱衣舞。由于爱好此道的客人颇多，所以每到里美的表演时间，便有一大帮客人专程前来捧场，有时还会爆满。

邦彦没见过里美的表演。在他的眼中，里美的身材高，笑起来有皱起鼻子的习惯，全身散发出清纯气息，又带着些运动健将的气质。在他的脑中，一直无法将脱衣舞女郎和里美的清纯气息联想在一起。

"不必买新的，修理一下也还可以用吧？"

邦彦说道。里美用双手抱着故障的录放音机，回他说：

"可是那就来不及今晚使用了。"

里美向邦彦点了三明治与咖啡，然后用打火机点上一支细长的洋烟。

"在修理期间，我将自己的录放音机借你好了。"

邦彦做好三明治之后，便上了二楼的房间，拿着自己的录放音机下来。那是他买来准备听英语会话练习用的，但一次也没用过。里美将录放音机接过来，放入卡带并按下按钮，伴奏音乐立即微弱地响起。

"电池没电了，只要去买新的电池就成了。这台就借给你用吧！"

"谢谢！你真是帮了大忙。"

"以后里美去我店里之前就先来这儿吃饭，阿邦，请你记得挂我的账哦！"

伦敦的老板交代邦彦，然后转头向站在门口的武内又重复说了一遍。武内走过来问：

"里美终于要去伦敦表演了吗？"

"只有星期一和星期五，晚上八点在伦敦表演，然后八点半又要赶去洋娃娃俱乐部，真累人呢！"

里美答道。

"没见过像里美这般好身材的脱衣舞女郎，尤其那对奶子更是天下无双呢！"

伦敦的老板满面笑容地说道，然后亲密地将手搭在里美的肩上，环视着店内，接着说：

"这时刻似乎是酒吧女的集合时间呢！"

听到这话，一名酒吧女熟客隔着桌子回他说：

"在工作之前必须集中意志，就像赴战场之前的武士啊！"

伦敦的老板夸张地缩着脖子说：

"原来是些半老徐娘在向新人传授作战经验呢！"

此言一出，立即引来一群酒吧女的笑骂声，店内顿时变得闹哄哄。伦敦的老板等里美吃完三明治后，便吹着口哨起身。

"都记在我的账上！"

"这么早就要走了吗？"

武内问道。

"今天是里美初次在我的店里演出，我跟她还有不少事要沟通协调呢！"

伦敦的老板答道，然后眨着眼叮咛邦彦：

"八点！稍微溜一下班来看吧！"

邦彦不置可否地微笑颔首。里美拿起邦彦借给她的录放音机，转头甩了一下长发，皱着鼻子笑笑。

待俩人离去后，邦彦边洗涤杯盘边对武内说：

"再怎么看，里美也不像个独行的脱衣舞女郎呢！"

"听说她一个晚上最多时曾到七八家店里表演。"

"这太厉害了！年纪比我小，骨气倒很强。"

"你想去观赏她的表演吗？"

"嗯，真想去看一次。"

"那就去吧！看完后再回来就成了。"

七点半过后，客人就少了，俩人这才得以喘口气。武内指着壁上挂钟，催促邦彦：

"不赶快去的话，就看不到表演啦！"

邦彦腼腆地笑着脱去围裙，说声看完表演就回来，便出门去了。

邦彦推开伦敦酒吧的门往内一瞧，只见柜台边人满为患，而坐在最里面一张椅子上的居然是政夫，政夫一见到邦彦便笑着挥手。

"原来阿政你也来看里美的表演啊？"

邦彦吃惊地问道。

"我是里美的保镖啦！主要是防止恶客趁机偷摸里美的身体，看表演的规矩是不准摸表演者的身体呢！"

"会有客人伸手去摸吗？"

"有啊！其中最有可能的就是这儿的老板，我最不放心那家伙了。"

就在此时，伦敦的老板脸上堆满笑意走了过来，替邦彦搬来一张预留的椅子。店内仅有的有线广播音乐突然停止，一时之间满屋子变得鸦雀无声，客人都紧盯着店里头的黑暗处瞧。

"要开始了！"

伦敦的老板笑嘻嘻地拍拍邦彦的肩膀道。音乐从邦彦借给里美的那台录放音机中响起，同时从店里头的黑幕帘中，头戴银色发饰、服装整齐的里美跳着舞出现在台前。她那束起来的长发上盘着闪闪发光的饰物，长睫毛的周围涂着厚厚的眼影，樱唇上的红色口红发出湿润光芒。

音乐的节拍加快起来，里美慢慢地卸去身上装束，露出雪白滑润的胴体。她熟练地扭动着躯体朝客人接近，忽而又扭身往旁边的其他客人靠去，凹凸分明的香艳肉体诱人地起伏着，令邦彦难以相信眼前这女孩真的是里美。

随着舞动，里美身上的衣服逐件卸落在地板上。她的乳房露了出来，除了遮住下腹私处的一小片银色布块外，已经全身一丝不挂。她开始激烈地扭动纤腰，胸脯颤巍巍地跳动起来。客人之中响起口哨声，伦敦的老板使劲地鼓掌。

"全部脱光！"

有客人大叫。音乐一停，里美便快步消失在黑幕帘之后。

"安可！安可！"

一名中年客人敲打着柜台大叫道。

"如何？身材够漂亮吧！"

政夫凑在邦彦的耳边轻声说道，接着又卖弄一句：

"要维持这种身材得节制才行，若跟男人睡多了，马上就会变形走样呢！"

里美穿着凉鞋，披着一件外套，连发饰也没卸，又从幕帘中钻出来，手上提着录放音机，快步穿过店内，显然是急着要去赶下一场表演，临去前对老板丢下一句：

"老板，多谢照顾！"

煽情的女人胴体消失之后，邦彦的眼中仅剩转过身去的客人并排的背影、威士忌酒瓶以及在昏暗光线中袅袅上升的烟雾。

"目前最让我迷恋的就是里美和小由纪。"

政夫将一只手肘靠在柜台上，边饮着掺水威士忌边说。

"谁是小由纪？"

"在老爸店里打工的那个女孩啊！"

"有苗头了吗？"

"两个妞都对我冷冷淡淡的，里美好像不喜欢男人，而小由纪又好像情窦未开的小姑娘。我得写几封火辣辣的情书试试才行。"

"你以前不是写过情书给某家咖啡店的女服务生吗？"

"寄了五封，全都石沉大海，那就算了！这次我打算多写几封，也许会钓上一个呢！"

"阿政，我看你是色迷心窍，只要是有点可爱的女孩，你就来者不拒。"

"哪有这种事？我对女孩的品位高得很呢！"

"可是我总觉得你是见一个追一个，结果又通通被人甩了。"

政夫露出苦笑，站起来说：

"啊，时间不早了，我还得去陪老先生打几杆。"

无论政夫如何装出流里流气的模样，他的脸上依然带着几分纯真天性。邦彦和政夫一道步出伦敦，在途中和政夫分手，返回河川咖啡店。

武内已经离店返家，于是邦彦独自清理店内，突然听到敲门声，抬头一看挂钟，时间已近十二点。

"谁？"

"对不起！这么晚来打扰。"

邦彦打开已经锁上的门，只见里美站在门外。她已经卸了妆，发型也恢复了原状，手上拿着邦彦的录放音机。

"我差点忘了自己的录放音机还摆在这儿呢！"

"啊，还原封不动地摆在柜台上。"

里美踏进店内，疲倦不堪似的坐在椅子上。

"今晚到几处去表演呢？"

"七处。我已经累坏了。"

"泡杯咖啡给你好吗？"

"谢谢！可是现在喝咖啡，晚上就睡不着了。"

里美垂着疲累的脸孔，长长的直发披在肩上，那样子宛如靠在壁上的一只精美洋娃娃，令邦彦很难联想到先前那一几近全裸的扭摆的胴体。

"我是第一次看你的表演。"

邦彦说道。里美仰起脸露出浅笑，神情中带着一丝寂寥。

"表演得太美，让我看得都入迷了。"

里美闻言露出难为情的神色，邦彦见状赶忙加一句：

"是真的！绝不是恭维话，令我忍不住想摸一下呢！"

里美轻声笑说：

"让你摸好了，阿邦，你想摸哪里呢？"

里美眼中闪着亮光，调皮地望着邦彦。

"想摸胸部啊！"

邦彦开玩笑地回答。不料里美当真敞开外套，站起来将胸部凑近邦彦。邦彦惊慌地往后退，而里美依然面带微笑地逼过来。邦彦直退到背部顶着柜台才停步，里美大声笑说：

"不敢摸吗？真是不中用！"

"里美，你喝醉了吗？"

"我今晚滴酒未沾呢！"

邦彦伸出食指飞快地碰触了一下里美的胸部，那柔软又富有弹性的乳房将他的食指弹了回去。里美转身走回原先的椅子坐下，皱起鼻子笑说：

"好奇怪的摸法，让我的身体都硬了起来呢！"

邦彦瞠目结舌地望着里美，而里美则若无其事地用鼻子哼着歌，走到花瓶旁，开口说：

"今晚我想喝个通宵，阿邦，你陪我到天亮好吗？"

"到天亮？……"

"有时也该放纵玩乐一下嘛！我都让你摸了，你总该陪陪我吧！"

邦彦拗不过，被里美强拉着前往夜晚的闹街。里美至今只来过河川咖啡店四五次，跟邦彦也没谈过多少话，但不知怎么回事，突然开口要求邦彦陪伴通宵，她的心思让邦彦感到一头雾水。而邦彦的脑中不断浮现出里美那白里透红的妖艳裸体，跟她并肩而行时，不由得一颗心怦怦跳。

里美带着邦彦来到伦敦酒吧附近的一栋大楼，进了二楼一家名叫"石之花"的酒吧店门，只有十个座位左右的狭小店内挤满年轻男女，一对对地贴在一起，随着吵闹的音乐摇摆身体。

"这儿的营业时间到清晨六点。"

里美说道。

"你打算叫我陪你到清晨六点吗？"

一位貌似店老板的年轻男人将座位挪了一挪，替俩人腾出两个座位。这男人用娘娘腔的姿态跟里美勾肩搭背说：

"请慢慢地玩！有里美光临，本店今晚真是光荣！"

从那娇里娇气的语调，邦彦不禁怀疑此人是女扮男装，但从那下巴上的青色胡渣看来，此人又无疑是个男人。

"看来我跟人妖还真有缘！"

邦彦脱口道。

"这个人不是人妖，只是带着娘娘腔而已，尤其他那内八字的小跑模样更是好玩呢！"

里美用见怪不怪的表情答道，端起面前的掺水威士忌喝着。

狭小店内充满震耳欲聋的音乐及男女的叫声，令邦彦感到头昏眼花。他陪里美喝着酒，间或大声回答里美的话语，或望着场中一大堆年轻男女的无神表情。

邦彦转头注视着身畔里美的侧脸，感受到她那强韧的生命力，脑中又浮起她下腹所遮盖的那片银色三角形布块。一想到那个跳脱衣舞的里美，和身畔这个垂着长发、用虚幻而带着闪光的眼神往杯中倾倒威士忌的里美竟然是同一个人，邦彦不禁觉得全身发热，他决定奉陪她到天亮，一面胡思乱想，一面拿起酒瓶为自己倒酒。

夜深了，但石之花的客人非但没有减少，反而又进来了些新客人，由于没有座位，有的就站在邦彦与里美的座位前面，有的则靠在墙壁大声嚷嚷。

不知不觉中，里美已经闭上眼睛，头靠着墙睡着了。邦彦轻轻拍拍她的脸颊，但她发出有规律的鼾声，身子一动也不动，看来是会保持这种姿态睡到天亮了，邦彦只得想着就这样陪到她睡醒，偶尔也抬头瞧着眼前那些蹲在越来越喧闹的石之花一隅、什么都不愿意思考的狂欢人们。

一阵寂寞逐渐袭上心头，在这没来由的寂寞中，亡父的身影也跟着浮现脑中，他想起弘美对亡父那句"做事中规中矩"的评语，开始思索起父亲的为人，但无论如何也无法拼出一个完整的父亲图像，仅能确定自己不想过着像父亲那般暧昧的人生。根据宇崎金兵卫的描述，再从父亲与弘美的关系去推测，邦彦只能想象出父亲是个流氓型的人物。他注视着里美的睡态，一面忍受着周围的嘈杂，一面期待着早晨赶快来临。

邦彦在不知不觉中也睡着了，等他一张开眼，就见到里美正望着他的脸孔瞧。

"现在几点了？"

"快打烊了。"

店内的人群已经散去，除了邦彦和里美之外，仅剩一对状似欢场中的男女。

"你可以回家补觉，我可要开始上班了。"

邦彦说道。两人走到外面，天色刚开始微亮，笼罩在紫雾中的街道静寂无声。里美披着外套，在晨曦中的闹街上迈开步伐。

"每次走在晨曦中的道顿堀，我就感到好忧郁，只觉得自己好像是一条污秽的野狗，对任何事都不在乎了。"

邦彦想用温柔的话来安慰里美，却找不出适当的词句。里美每晚游走于各酒吧、俱乐部，让自己年轻的躯体沉浮在色情世界中，也难怪在这紫色的清晨里，冷寂的忧愁会爬上她的心头。

"阿邦，你的脸上没有一丝邪念，所以我才能说出真心话。"

里美盯着邦彦的脸说道。

"这是赞美呢？还是挖苦呢？"

"我的身边总是围绕着一堆色眯眯的男人。"

"我也爱美色啊！只不过掩饰得较不露痕迹罢了。"

"我突然想喝杯热咖啡了。"

听里美这么一说，邦彦便往河川咖啡店的方向走去。

"我替你泡咖啡，你跟我到店里去吧！这时候没有人在，老板在十点过后才会来。"

邦彦开门进入店中，朝阳从靠河的窗户射进来，朦胧的光线静卧在地板上。

邦彦扭开瓦斯炉火，将水注入咖啡壶中，然后称量一下咖啡豆的重量。里美坐在窗边的椅子上，有一搭没一搭地哼着歌，好像在想着什么事一般。

邦彦将泡好的咖啡端到里美面前的桌上，两人边眺望着渐渐明亮起来的河边景色，边默默地喝咖啡。里美突然起身走到柜台，取了放在上面的录放音机，将其塞在邦彦的手中，自己则站在店内正中央处。

"阿邦，放音乐吧！"

邦彦不解其意，默默望着里美。

"我要跳舞啊！快放音乐吧！"

"跳舞？在这里吗？"

"我想全裸地跳一次舞，阿邦，你好好观赏吧！"

邦彦原以为里美在跟他开玩笑，便按下开关，没想到里美竟然配合着音乐脱起衣服，先是脱去外套，接着是凉鞋、针织毛衣，再转个身脱去了胸罩，长长的头发半遮着面孔。

"里美，你怎么了？"

"我疯了！你把音量调大吧！"

邦彦茫然地将音量调到最大，震天作响的音乐在室内流动起来。里美脱下了裙子，身上仅剩下一件小小的白色内裤，接着又扭动躯体，将内裤迅速地褪去，就这样赤裸裸地在花瓶周围继续扭腰摆臀。

邦彦失神地望着里美，突然感到一阵恐惧，立即起身从地板上拾起里美褪下的外套，并将录放音机关掉，走到里美身前，将外套披在她的身上。

"不要！我还没跳尽兴呢！"

里美将外套丢在地上，向着录放音机跑去。邦彦再度拾起外套，并从里美手中夺下录放音机。

"好了，好了，该尽兴了吧！拜托你穿上衣服，你快把我弄疯啦！"

"我才是一天比一天疯呢！"

里美的眼中溢出泪珠，赤裸着身体站在原地，像小孩般哇哇哭出声来。邦彦帮她披上外套，从地上捡起裙子、内衣裤，然后呆立着望着哭泣的里美。里美边哭边从邦彦的手中接过衣物，然后进入柜台内穿了起来。

"阿邦，你不可对别人说出我裸体跳舞的事哦！"

"哦，我绝不说！"

为了送里美去搭出租车，邦彦陪她穿过空无一人的心斋桥街走到御堂街。

"对不起！我竟然失态地哭了。"

里美开口道。

"能看到里美的裸体，算起来还有得赚呢！"

里美噗哧笑出来，伸手拦下一辆出租车。

邦彦目送着里美搭上出租车绝尘而去，朝阳从大楼顶端射出黄色光芒，他不禁感到一阵难耐的困意，于是拖着沉重的脚步走回去。他将双手插在口袋中，踢起路边的一个空罐，空罐发出响声往前滚动，那咔啦咔啦的响声不断地在他的心中回响。

# 8

早上起一直下着雨，是个天寒的日子。开店后随即拥进来一批客人，当这批客人离去后，店里来了一通找邦彦的电话，原来是弘美打来的。这天虽然是星期六，但不是邦彦跟她每月一次会面的第三个星期六。

"对不起！在工作中打电话打扰你。"

弘美开口道。

"有什么事吗？"

"你现在来我们每次碰面的那家咖啡店好吗？因为以后暂时不能见面了，所以想跟阿邦说声道别……"

弘美说有些话想在见面时再谈。邦彦在上午的工作时间已经结束，打工的由纪子马上就会来接班，邦彦原本想等到由纪子来了再说，但念头一转，向武内说出事由，然后便赶往弘美所说的心斋桥街的那家咖啡店。

弘美这天没在头上绑上丝巾，也没戴上那对大耳环，穿着一袭深绿色的衣服，膝上放着叠好的雨衣，用一种惴惴不安的神态望着邦彦。弘美的身畔坐着一位四十五六岁的大个子男人，他对邦彦轻轻颔首为礼。男人的骨架粗大，但没什么肌肉。他身穿一套朴素的西装，却打了一条全然不搭的红色领带。

弘美向邦彦介绍了身边男人，然后向男人说明邦彦是昔日恩人之子。

"我临时被调去冈山，因为冈山要成立一处新的营业所，我就是奉派去那里当主管……"

"营业所？是化妆品的吗？"

"是啊！所以明天就得走了。"

"哦，这么匆忙啊！"

趁着男人上厕所之时，邦彦虽明知事不关己，但仍脱口问：

"那个人是谁呢？"

弘美的圆脸微红，答道：

"我打算跟他一道在冈山的营业所经营生意。"

"一道？那就是要结婚了？"

"暂时还不能结婚，但会住在一起。"

弘美从桌子那一端探过身子，压低声音又说：

"那个人还有老婆和孩子呢！"

"什么叫作'还有'？"

"已经分居了很长一段时间，最近就要正式分手，然后打算跟我结婚。"

"嗯……"

邦彦不禁想到父亲以前可能也曾对弘美做过这般承诺，就在他考虑着要发问之际，男人正好回座，他只好作罢。因为弘美与邦彦都不再开口，男人大概想缓和一下气氛便低声说：

"听说弘美一直承蒙你的关照。"

邦彦的心情转劣而默不作声。姑且不管去不去冈山，他打心底反对弘美跟这个男人在一起。邦彦感到一阵悲哀，想尽快离开这俩人，于是从光说些无谓话语的弘美及男人的身上挪开视线，连服务生端上来的果汁也没碰一口，径自望着邻桌的女学生。

男人说要打通电话，然后起身，一面翻着一本厚厚的记事簿，一面朝店内入口处的公共电话走去。弘美见状立即慌张地从手提包中摸出一个信封，邦彦拒不接受，但弘美如往常般想将它硬塞在邦彦的手中，不料邦彦说：

"不必再这样了，我没有理由接受啊！"

于是弘美将信封折起来置于膝头的雨衣上面。

"你若跟他在一起，肯定会花掉所有的钱呢！你也就是一直这样照顾他的吧！"

"那个人生意做得不顺，现在正赋闲在家。"

"结果是旧事一再重演嘛！"

邦彦瞄着正在打电话的男人说道。弘美又是一阵脸红，吐着舌头露出一个羞赧的微笑。

"我最讨厌那种男人了，与其跟那种男人过活，倒不如一个人过日子来得好呢！"

"我就知道你会这么说。"

弘美露出反常的温柔表情，含笑望着发牢骚的邦彦。

"其实他也有许多好处呢！"

男人返回座位，跟弘美说零钱没了。弘美从钱包内掏出所有的十日元硬币给男人，男人摇摆着看似健壮的身体又朝公共电话走去。

"我喜欢工作，身体又健康，再加上这张能言善道的嘴巴，无论如何也不会饿死在路边，你不必为我担心嘛！"

"你以为这样就可以跟不三不四的男人鬼混吗？"

弘美又吐了一次比刚才更长的舌头，垂下了脸孔。

"干吗？好像是生气的父亲在骂女儿呢！"

"给钱的事情就到此为止，既然你要去冈山，往后就不必为我操心了。"

"嗯，我今天就是特地来向你道别的。"

邦彦心里明白，弘美是打算就此将父亲和她之间的纠葛做一了断。邦彦一察觉此点，便觉得心情轻松起来，又觉得应该对弘美给钱的好意表示一番感谢。

"你先前给我的那些钱帮了大忙，谢谢你！"

弘美望着邦彦愣了一下，随即慌张地从手提包内掏出手帕捂在鼻下。

“那一点点钱值得什么感谢？倒是我的任性行为替你造成了不少麻烦……”

男人打完了电话，站在咖啡店的入口处朝弘美挥手。

“我这次离开大阪之前，还得去向几个人辞行。”

“那么我们就此告别吧！”

“阿邦，你要多保重！”

弘美拿着账单站起来。

在心斋桥街的人群中，弘美数度回头挥手及弯腰行礼。等她的身影消逝后，邦彦感到一股莫名的寂寞，那是因为再也无缘重逢的人正离自己远去。邦彦想起弘美身畔那个男人的背影，忽然觉得自己的父亲或许就是那样的一个人。此刻的他很想找个人陪伴，因此打算找政夫一起吃午饭，便往红白桌球房的路上走去。斜斜而下的雨点将邦彦撑着伞的手背淋得又湿又冷，从戎桥往河边的河川咖啡店望去，可瞧见坐在大玻璃窗内的客人脸孔，也可隐约见到由纪子的走动姿态。角座剧场前面的行人稀疏，鼠灰色街道上的积水映照出过往行人身上的衣服颜色。

红白桌球房内只有两组常客在玩落袋球戏，而政夫不晓得跑哪儿去了，从早上到现在都没出现过，甚至连吉冈也不在店里，只有一名女店员边吃着拉面边看店。

邦彦在千日前街呆立了一会儿，略作考虑后，便朝着太左卫门桥畔的方向迈开脚步。迎面见到穿着圆领橘色毛衣及同色女式长裤的阿薰走过来。阿薰劈头就说：

"若是要找政夫，他此时正和伦敦的老板在我们店里的二楼玩纸牌呢！"

接着阿薰在邦彦面前转了一圈身子，向他夸耀那条光鲜的厚质长裤。

"如何？这条长裤漂亮吧？"

橘色的宽松长裤上浮现出牛车及樱花花瓣的图案。

"这裤子还真花哨！"

"是我用向明美讨来的和服腰带改成的。"

"哎，是用腰带做的啊？"

"够吸引人，够高级吧？"

"我倒不认为有什么高级。"

"那是个人品位不同之故。"

"对啊！全属个人喜好的问题。"

邦彦又问阿薰要往何处去，阿薰回答说要去裁缝店取订制的长裤。

"我讨了三条腰带，全是明美的旧物，全部改做成长裤。裁缝店的老师傅叫苦连天，直说这么厚的面料很难缝制呢！"

阿薰看邦彦闲着没事，便邀他一道前去裁缝店。邦彦原本很怕和阿薰走在一起，但由于无处可去，于是便和阿薰共撑一把伞，往位于日本桥路口附近的那间裁缝店走去。

从裁缝店取了裤子出来后，经过法善寺来到戎桥街附近时，阿薰钻进了杂乱的小巷中，原来是要去一间以前在同一处工作的旧伴所开的咖啡店。

阿薰用小快步走到那间咖啡店的门前，推开门往里面瞧了一下，然后向邦彦招招手。邦彦以前也曾跟着阿薰来过此处两三次，但皆因客满而未曾进去过。

"大姐，好久不见！"

阿薰向一名貌似老板的白脸男子打招呼，点了两客三明治和咖啡后，掏出香烟点上。

"阿薰，你去的地方一定都会有人妖。"

"嗯，我自己就是人妖，很可怜吧？只恨喉结不能变小，真够悲惨！"

"我虽不是阿政，但好像也感到自己有些危险呢！"

"放心！我对你只是纯友情，别无其他念头。"

"希望你手下留情才好。"

"我在今年之内还会留在此地，然后便要向道顿堀说再见了。"

"哎，要去哪里呢？"

"东京！东京的新桥。我要在东京工作五六年，好存些钱，我是当真想存钱的呢！"

"不去东京就存不了钱吗？"

"虽然不是这样，但我现在上班的店所给的待遇很差。在国铁的新桥站附近有一家叫作'丘比特'的店，我有朋友在那里上班，说是待遇优厚，一直叫我过去。我有些拿不定主意，但最后还是决定过去。我又不是没去过东京，在来这里之前，我就是在东京工作，只不过是比较靠乡下的千叶县罢了。"

"哎……"

阿薰的棕色短发烫得卷卷的，脸上化着细心的妆，显得意气风发。即使是女人也少有像阿薰这般的美貌，但左看右看，阿薰的脸型仍是不折不扣的男性轮廓。对邦彦而言，弘美和阿薰皆非重要的朋友，但一想到这俩人从自己的身边离去，心里仍有一丝惆怅。

"阿邦，到了明年春天，你也会离开道顿堀吧？"

"为什么？"

"因为那时候你就毕业了，总会在某家公司当个上班族，如此一来，势必搬出你现在的住处而到别处过日。"

"我老板劝我，毕业后继续留在店里工作呢！"

"那未免太可惜了！"

"会可惜吗？"

"当然嘛！千辛万苦念了大学，怎么可以当个咖啡店的跑堂呢？"

"也有不少大学毕业的上班族在半途辞职改行开咖啡店或拉面店呢！"

"在这世上最重要的是钱，只要有钱过日子，做什么行业都无妨……"

阿薰暂时陷入沉默，摁熄了香烟，转了一下眼珠。

"那么你是打算一辈子住在道顿堀吗？"

"我还没考虑到那样长远的事。"

"阿邦，那么你是决定听从你老板的劝告，大学毕业后继续待在河川工作吗？"

"我倒是无所谓啦！"

"怎么说话的样子像是自暴自弃呢？"

"如果因就业考试失败，就仰赖我老板的照顾，这也未免过分了些，说起来，我也无意一直在河川继续工作。"

"没关系的！等你参加过所有的就业考试，若全部失败的话，到时候再做决定吧！"

"阿薰，你别想得美，以为只要是大学毕业生都能出人头地。"

邦彦笑道。阿薰用手指夹着一支未点火的洋烟，盯着滴落在玻璃窗上的雨滴直瞧。

"我只是个中学毕业生，看到别人能够上学就觉得好自卑，自卑感之深远非那些大学毕业生所能想象。"

"没想到阿薰会因学历而自卑，真是奇怪！"

"可是这是真的啊！有时候会有些女大学生来我们店里光顾，每次我都觉得心情不自在，连话也变少了。虽然连自己也认为这种想法太傻，却自然而然会这样。"

阿薰说要请客，叫邦彦吃些三明治，然后又说：

"我想让自己的人生重新来过。也不晓得自己从什么时候起变成这样一个人，或许是在遥远的前世中我是个女人，投胎到今世时还带着女人的片段记忆。"

"阿薰，你的年纪跟我相同吧？"

"对！二十一岁。虽然才不过二十一岁，但总觉得自己已经犯下难以挽回的过错。"

"什么样的过错？"

"你只要看看我美丽的容貌就能明白了。"

邦彦弄不清阿薰话中的真假，便不再瞧着他，自顾自地吃起三明治。

"生而为人真是不舒服呢！"

阿薰说道，然后也嚼起三明治。邦彦突然觉得自己似乎已经在道顿堀住了许多年，但实际上只不过两年不到。

同样是人妖出身的咖啡店老板走了过来，开始和阿薰谈起来，谈的净是些没头没脑的无聊话，所以邦彦起身向阿薰说声谢谢请客，而阿薰也没有挽留邦彦的意思。

邦彦撑着伞走在小巷中，遇到另一条巷子便随意转弯。小钢珠店的赠品交换所开着小窗户，在黑暗中等待客人上门。邦彦又转进下一条巷子，巷内两旁充斥着内脏烧烤、一口寿司、饺子、馄饨、关东煮、酒、鳗鱼等的招牌，一只浑身湿淋淋的猫蹲在垃圾桶上哀鸣，嘴角滴着好似口水般的冷冽雨滴。

邦彦走出来到一条比较大些的街道上，两旁几间格子门的料理店及单扇的酒吧门上挂着"准备中"的牌子，显得冷冷清清。转个弯之后，地上出现一些商店丢弃的厨余垃圾，躺在地上任凭雨淋，污汁从路边流向水沟。

邦彦想要去金兵卫，此时或许尚未开始营业，但只要宇崎在店里，那么大概可以捞一顿烤鱼白吃吃，再配上烫热的酒，就当作是蒙父亲的余荫吧！邦彦一想到这里，不禁笑逐颜开。凭着父亲的余荫，不知道宇崎肯让自己白吃白喝到何时？邦彦在街道绕来绕去，来到通往日本桥的大马路上。雨势变小了，马路变得明亮起来。

店内的门帘映照在门口的玻璃窗上，邦彦悄悄地将门拉开，只见宇崎戴着眼镜正坐在昏暗的店中阅读报纸。邦彦道声"午安"便踏进店内。宇崎金兵卫摘下眼镜，连同报纸一道置于桌上，说道：

"啊，欢迎！"

"我又想吃河豚的鱼白了……"

"哦，河豚的鱼白。刚好有早上才到的新鲜货，用烤的好吗？"

"拜托你挂我父亲的账。"

"好的！一客挂账的烤鱼白！"

宇崎边矮身钻入柜台边大声答道。

"听说由纪子今天辞工了。"

"好像是这样，说要去滑雪，从昨晚起就忙着整理背包。承蒙你们店里的照顾，请代为向你的老板致谢。"

"我真的可以挂父亲的账吃吃喝喝吗？"

"别操心！你尽管吃喝就是，反正我会跟你父亲算的。"

"既然如此，就顺便来一瓶酒吧！"

"天气冷，最好是喝烫热的酒。今年的冬天真是冷，听由纪子说，信州的滑雪场已经积雪一米以上。"

"为什么你肯让我挂父亲的账呢？"

闻言后，宇崎面不改色地将烤得半面熟的鱼白翻身。

"以前就讲过了，我曾受过你父亲的照顾，却从未回报过一次。托你父亲的福，我才得救。我总得尽点心意，这样才不会遭到天罚啊！"

邦彦再次在心底拼凑亡父的形象，但始终无法了解父亲是个什么样的人。

从弘美的关系来说，他对父亲怀有一种怨恨，但接触过弘美之后，他对父亲又产生另一种感情。父亲将咖啡店全交由母亲经营，自己则埋首于其他事业，但每次都是失败而消失得无影无踪，等风波稍微平息后，又再度从事另一事业，结果是负债累累。虽说自己不甘心原谅父亲在性格上的懦弱，但也终于觉得父亲在某一方面也是个豪迈出色的男人。

关于帮宇崎解决土地纠纷一事，邦彦全然不知道父亲出了多少力，也无意追问个究竟。等酒一端上来，邦彦便喃喃念起记事簿上所写的那六行文字"……搭乘同船，随流而去"。在这瞬间，他想起了跟町子站在幸桥中央眺望到的道顿堀所散发出的光芒。

他一口接一口地喝着酒，没多久便醉得视线茫然。"……心思也各异的数千个我，搭乘同船，随流而去。"邦彦再三反复地在心底念着。等他回过神来，却发现由纪子正站在自己的背后。

"哦，工作结束了吗?"

"今天领了薪水。我要搭七点半的电车，跟朋友约好五点在大阪车站内的咖啡店碰头。还有一大堆东西忘了买，所以我想趁现在先去梅田一趟。"

"你若在晚上工作结束后来我这里，就刚好有河豚火锅可吃了。"

宇崎对邦彦说道。然而河川咖啡店的打烊时间是十一点，稍微清理一下往往就超过十二点，而金兵卫是在十二点打烊，所以除非是在河川的公休日，否则邦彦不可能在金兵卫的营业时间内来这里。

由纪子踏出店门后约一小时才归来，还扛来了大背包及滑雪屐。

"爸! 我要走了。"

"要注意安全以免受伤哦!"

邦彦也站起身子，醉意刚开始消退，感到身上一阵轻微寒战，头也痛了起来。由纪子上身穿着防水登山衣，下身穿着滑雪长裤。那背包看起来相当重，邦彦帮由纪子拿起来，由纪子高兴地说:

"请顺便帮我拿到难波车站吧!"

邦彦将背包往一边的肩膀上一挂，和由纪子一起离开了金兵卫。

"要去几天呢?"

"三星期。"

"哎,去那么久啊!"

"在那边滑雪过新年,等过完年才回来。"

由纪子用兴奋的语气,说些在高中时参加滑雪社的往事、滑雪的乐趣及雪景之美等。在难波的地铁站检票口前,由纪子从邦彦手中接过背包,顽皮地笑说:

"最近我收到了政夫的情书。"

"哎……"

"我明明白白地加以拒绝,告诉他说他不是我喜欢的类型。"

"阿政又怎么说呢?"

"搔头咬嘴唇而已。"

"那小子有怪毛病,看到女人就乱写情书。"

由纪子的背影很快就消失在人群中,邦彦的胸中残留着一份酒醒后的不适情绪。

他爬着通往地面上的楼梯,产生了一种错觉,仿佛在今天一天之中跟许多亲密的人分手道别,同时觉得弘美离去时的身影显得又小又落寞。

# 9

离夜晚来临还有很长一段时间，河边闪现出令人眩目的光芒，武内意识到时候还很早，心里不禁浮起一阵短暂的忧郁。

从今年开春之后，店里的生意一直很好，他的身体也很健康，除了因人手不足而忙不过来之外，他实在没有其他的抱怨。武内跟由贵不同，他没有多开几家店赚更多钱、重新装潢以便吸引新客人等念头，也不会因为日子一天天平淡地流逝而觉得懊悔焦虑，然而每当夜晚降临时，又会感受到一股莫名的空虚。这并非源于自己对生活的漠然，而是对自己年华老去的一种无奈。在夜晚灯光的围绕下，这种感觉便会油然而生。

武内心想着，或许自己比吉冈更盼望拥有一位新伴侣，但又想到可能随之而来的烦心事，于是变得更加无奈。他觉得自己至少该跟那些努力追求成长的人维持一些联系，于是在脑海里浮现出最近渐渐发福的由贵的容颜。

替三位结伴而来的年轻客人端上咖啡后，武内便拨通电话到由贵的店里，由贵微喘着气的声音立即出现在电话线彼端。

"若有空的话，来喝杯咖啡吧！我请你吃顿大餐。"

"多谢！我一直忙到刚才，现在才得以歇口气呢！"

由贵答道。电话挂断后不久，由贵便前来报到，还顺道在心斋桥街一家老字号杂菜煎饼铺买来了三块煎饼。由贵递给武内和邦彦各一块，然后催促说：

"与其泡咖啡，不如泡杯好茶吧！"

由贵望着店中央摆着的插花，又说：

"哇，好漂亮的兰花！"

"这是蝴蝶兰，因为可以持久开花，所以价格虽贵，我还是很中意。"

"每个月要花很多钱买花吧？"

"当然是得花些钱，但花饰已经成为我店里的招牌，总不能太小气啊！"

吃完杂菜煎饼后，由贵从手提包内取出烟盒和打火机，然后用指甲搔着白皙的双下巴。

"战争终于开始了。"

"什么战争？"

"我已经在梅田的地下街租了一间店面，今天刚付了订金。"

“你还是决定要开新店啦？”

“我马上要招人，目前需要三名厨师、三名厨房帮手及三四名跑堂，不请这些人是不行的。”

“什么时候开张呢？”

“预定的日期是明年的四月六日。”

由贵吸着烟，从椅子上起身，走向摆在店中央的桃花心木花台，用指尖轻触摆在上面的蝴蝶兰花瓣，戴在无名指上的猫眼石戒指闪着微光。

“最近我请了一位有意思的算命师帮我算命，虽然那位算命师住在釜崎一带小旅馆，是一个不出名的人物，但听说算得很准，是我店里的厨师带他来的。”

“算出来的结果呢？”

“说是我今后的运气正旺。”

“哦，那太好了！”

“又说我在六十岁以后的运气会有转变，在那时候会遇上些波折，但在此之前，我在生意上的运气会很顺。”

由贵转身走回武内的座位前，接着又说：

“但顺利的只是生意，其他的就不怎么样了。”

“其他的是指什么？”

“这个嘛，那个人不肯再明言，真是个怪人，我包了三千日元谢礼，他说只要一千日元就够，不肯再多收一毛钱。据他说，一千日元够他吃三餐跟喝酒，如此足够了。”

“在现今社会中，区区一千日元足够吃三餐跟喝酒吗？”

"他是住在釜崎的低级旅馆区，听说在那里够开销了。因为请他特地来心斋桥一趟，所以我要他至少多收一些车马费，但他依然拒绝。店里的伙计听说只要一千日元便可算一次命，就抢着要让他算，但他说自己一天只替一个人算命，就这样走了。虽是个怪人，但我觉得应该会算得准吧！"

"这个嘛，既然是那样的一位算命师，或许不至于信口开河吧！你今后的气运正旺，那再好不过啦！"

"所以我才下定决心。付了订金之后，我的心情舒畅许多，斗志也跟着旺盛起来。"

由贵的眼中闪着亮光，她的表情与"斗志"二字正好相吻合。要在黄金地段开新店，必然会需要一连串的准备工作，首先面临的头痛问题大概就是资金的周转。

"可是这好像在做梦呢！"

武内说道。

"什么？"

"我真没想到凭着你一个弱女子居然会闯出今天这局面，想当初你住在我家，还打算用身体付账呢！"

武内还记得，当时洗过澡之后的由贵露出少女般的眼神说：

"我今天洗过澡了，你高兴怎么样都可以。"

后来由贵踌躇地接受了武内身上仅剩的一些钱，在夜晚的千日前消失了身影。

“武内哥跟那时候完全没有变，能这样维持不变的人还真稀罕呢！”

由贵好像在想着什么事情，露出茫然的眼神望着自己的脚下，喃喃说道。

“我这辈子永远只是个小咖啡店的老板，还能变到哪里去？”

就在此刻，从由贵的店里来了一通电话。由贵在电话旁小声地对着话筒说话，挂掉电话后，便伸展了一下发福的身躯，抓起置于桌上的手提包，接着又走向电话，从手提包内掏出记事簿，然后拨起号码，简短地说完电话后，望着武内说：

“只要有钱，百分之八十的人生大小事情都可得到解决……”

“或许吧！可是还剩百分之二十无法解决，这百分之二十才是问题啊！”

武内将视线移向花饰，然后又转向柜台内的邦彦，一面自顾自抽着烟。

“那位算命师不肯明言的也就是这百分之二十的部分。”

“我也想请他算算命……”

“我还会叫人去请他，到时候你再让他算命即可。那个人住在低级旅馆区，整天都在画图呢！”

武内闻言猛吸了一口烟，屏息望着由贵，心想那人难道是杉山不成吗？

"那位算命师多大年纪？"

"这个嘛，从脸上看不出他的岁数，大概跟你的年纪差不多吧！"

"他是使用算木和卜签吗？"

"嗯，对啊！"

这就错不了了，一定是杉山，武内倒吸了一口冷气。

"只要去请他，他随时会来吗？"

"我想他是会来……"

由贵接着又打了一通电话，然后说有个要紧的人在找她，于是便离开了河川咖啡店。武内追随由贵跑到外头并出声喊住了她，由贵未停步，仅转过头来大声问道：

"什么事？"

"请你在明天带那算命师来我这儿吧！"

"明天的什么时候呢？"

"晚上好了，最好是晚一点。"

由贵闻言后点点头，然后在心斋桥街向右转离去。武内伫立在当场，就算那人真的是杉山，自己跟他见面又有何益呢？虽然这来历不明的人在昔日突然拐跑了自己的妻子和儿子，但不可思议的是，武内对他并未感到憎恨，只是想跟十九年杳无音讯的杉山见一面而已。武内觉得胸中突然一阵凄楚，心情随之焦躁起来。他转身进入自己的店内，对着那只琉璃水瓶的翡翠色瓶身注视良久。

翌日，太阳西下后，武内便打了几次电话到由贵的店内，为的只是确认算命师是否会来。偏偏由贵不晓得跑哪里去了，接电话的人也不清楚她何时会归来。直到打烊时，由贵仍未归来。由于最后一位客人也走了，所以武内将店内的灯光调小些，简单清理了一下店内后，便催促邦彦上楼去。

"今晚到此打烊，阿邦，你可以上楼睡觉了。"

"我肚子饿了，想去吃碗面，要不要一块去呢?"

"我不怎么饿。"

于是邦彦就说吃完面之后要顺便去红白桌球房看政夫打球，旋即出门去了。当邦彦的前脚刚踏出门，一个身穿棕黄色外套的男人就进入店内来了。

"请问老板在吗?"

"我就是。"

"我是算命师。"

男人说道。在微暗的灯光下，男人的脸孔略显得模糊，但武内仍看得出此人就是杉山。那说话的声调与右肩垂斜的体型正是杉山的特征。

"麻烦你特地跑来一趟，真是不好意思。"

武内答道，然后引导对方在临河的一处席位上坐下。

"谢礼真的只要一千日元吗?"

"是的!"

武内屏息注视着算命师的脸孔，对于他那跟十九年前丝毫无异的容颜感到惊讶不已。十九年前浪迹黑市的杉山翩然又出现在自己的眼前，仅仅多了些白头发和皱纹。

"你想算什么？"

"我想算算今后的气运，我没什么太大的欲望，所以财运方面就不劳费心。只要烦劳算一算，我能幸福地安享晚年吗？"

杉山从口袋中拿出用棕色布块包着的卜算道具，摊在桌上。

"你认为什么事可算是幸福呢？"

杉山问道。武内有些为之语塞地回答：

"嗯，我想幸福就是没有辛劳或悲伤的事吧！"

"既然如此，我就算算你会不会遭逢辛劳或悲伤的事好了。"

听杉山这么一说，武内不由得想换一种说法，于是制止杉山的排算，改口说：

"不，其实我所想的幸福应该是，即使遭逢辛劳或悲伤之事，仍然能不气馁地活下去才对。"

杉山露出一丝微笑的表情点点头，双手未曾稍歇地继续排算木。

武内沉默地望着杉山。映照在河流上的霓虹灯看起来带着悲伤之情，想必那照耀着河面的巨大霓虹灯也会感到寂寞吧！他的胸中感到烦闷，今晚难得地没听到外头的女人叫声，也未传来醉客的喧哗声。

壁上挂钟的声响传入耳内，杉内的指甲显得污秽，直条纹的补丁外套袖口上沾着看似颜料的绿色污迹。杉山用在卜算上的时间长得让武内发慌，武内一连吸了好几支烟，一面偷瞧着杉山的表情、穿着，一面惴惴不安地打发时间。

不知怎么回事，一想到杉山这个人从战后到如今的生活方式，武内便觉得心情略微平静下来。几乎跟黑市时代一样，杉山的容颜未改，穿的是同样的服装，同样地画着图，同样地靠算命维生，这令武内产生了一股超越悲哀而带着亲密与怀念的感觉。武内在心中低语着——你一点也没变，到底你是存着何种想法而过活的呢？对你而言，铃子算是什么呢？住在釜崎的低级旅馆区，想必过的是不像人样的贫贱生活，难道你没有梦想或希望吗？你应该知道照这样下去是会让自己腐烂的啊！

武内一面在心底低语，一面犹豫着到底该向对方表明自己就是铃子的丈夫，抑或装作没事人般跟杉山道别？杉山将卜签放在掌中搓揉，然后一根根地抽出，每抽一根便将算木排过来又翻过去。

"你今后的气运没什么大灾大难。"

杉山仰脸说道，接着又说：

"但是出现了一个有趣的卦象。"

"哦？"

"血亲之中有一人是风波不断，若说你有烦恼的话，大概就是源于此人。"

"是血亲啊？"

“然而这个血亲是能为你带来真正幸福的人，事情就是如此。”

说起血亲，武内唯有政夫这一骨肉血亲。

“有趣的卦象是指这个吗？”

“不……”

杉山答道，又将视线落在桌上的算木。夹杂着许多银丝的干涩头发遮盖住杉山的无神眼光。

“不论是以前或今后，你的命中都出现离散之卦，像你这般出现如此明显卦象的人还真罕见。”

“以前也有人言明我会有一家离散之灾。”

“原来如此，那便是你的宿命了。”

“谢谢你！杉山先生。”

杉山略微皱起眉头。

“好久不见！你大概完全记不得我了吧！”

武内察觉到自己的语气有些激动，但仍接着说：

“战后在道顿堀的黑市曾跟你见过面，你跟以前一样，完全没有变。从刚才我一直忆起昔日的黑市时代，真令人怀念啊！”

杉山边注视着武内的脸边眨了几次眼睛。眼睛底下的大眼袋使杉山看起来比实际岁数显老。

“我是铃子的丈夫，武内铃子啊！”

杉山用手指摩着自己的嘴唇，望着武内的脸注视了许久。

"跟你一道去天草的武内铃子的丈夫啊！想起来了吗？我在千日前的黑市中开过一间店，我曾在店中请你替我算过命。那时候你也说我会有一家离散之灾，你的卜算真是厉害！我真的应了一家离散的预言。时至今日，我没料到竟然会在道顿堀与你重逢呢！"

杉山用茫然的眼睛注视着武内，久久不发一语。武内也注视着杉山那张毫无光彩的面孔。最后杉山将视线移向桌上，用微弱的声音说：

"铃子后来怎么了？"

"死了，已经七年了。"

"小政夫呢？"

"今年二十一岁了。"

杉山的手指摆在唇上，沉默地垂着头。武内无言地注视着眼前的杉山，俩人之间陷于一阵长长的沉默。

"铃子无疑是被我所杀。"

武内开口道。

"当初见到铃子从天草返回道顿堀之际，我气疯了，用尽全身之力踹了铃子的腹部。虽然她是死于肾脏病，但我想病因就是那时候被踹而受的伤，是我踹死了她。"

由于杉山一直不开口，武内便起身走到柜台的壁架前，取了威士忌酒瓶及酒杯，转身又回到临河的座位上。武内将酒杯置于杉山的面前并替他倒酒，杉山盯着酒杯，用缓慢的动作将双手伸向前去，道了一声谢之后，郑重其事地握住杯子并缩回了手。

"为什么铃子会跟你分手而从天草返回我身边呢？"

杉山垂着头，用双掌举高酒杯，敬领赐酒似的啜饮一口威士忌。其实武内想要问的是，为何铃子会跟杉山私奔到天草？但是这话他说不出口。

杉山一边让威士忌往喉咙流，一边做出思考状，隔一会才睁开濡湿的眼睛正待开口，却突然改变主意似的紧闭起双唇，接着便不发一语。俩人再度陷入沉默，只是互相对坐着。

武内点上一支烟，但旋即又摁熄，开始喝起威士忌，然后感触良多地开口说：

"我认为铃子根本不愿和你分手啊！"

饮尽杯中酒之后，杉山问道能否再来一杯？于是武内帮他倒酒，杉山的双手这才放开杯子，用指甲抚拭着嘴角。在武内看来，此刻杉山的眼睛就好像是凝聚着众多五彩灯光的河面。武内忆起铃子在知恩院旁边那间古董店中瞧看那只琉璃水瓶时的眼神，便问他：

"听说你还是一样地在画画。"

杉山不答话，饮尽了第二杯威士忌之后，便将桌上的算木及竹签收起置于布包内，然后起身深深鞠了一躬。由于见到杉山正欲离去，武内便制止道：

"我有件东西想让你带回去。"

接着起身走到壁穴前，取下琉璃水瓶。

"这算是铃子的遗物，或许交给你是最好的处理方式。"

武内原想将琉璃水瓶的来历告诉杉山，但随即打消了念头。对于武内硬塞过来的琉璃水瓶，杉山先是迷惑地保持沉默，最后才郑重其事地接过来，然后向门外走去。

武内转身回到临河的座位上，将额头贴着玻璃窗，望着杉山踱过戎桥而去。壁穴骤然少了那只摆了逾十年的翡翠色琉璃水瓶，霎时开了小口，显得深邃黑暗。隔了一会儿，武内才想起未付算命的谢礼给杉山，于是冲到门外，尾随着从戎桥街向南走了一阵，但未见到杉山的身影。

# 10

伦敦酒吧的老板当庄家，和阿薰、阿薰店内的六名伙伴以及红白桌球房的数名熟客，为武内父子的桌球赛下起赌注。如果武内铁男败阵，那么庄家便要赔各赌客两倍的赌金。在这附近一带，曾亲眼见识武内铁男球技的唯有红白桌球房的吉冈一人而已。

"已经十年没打球了，就算是名人也会球技生疏吧！在这场比赛中，庄家是再吃亏不过啦！"

伦敦的老板不断地煽动众人。红白桌球房营业到十二月三十日为止，由于要举行忘年会，兼受阿薰拜托举行父子俩的世纪对决赛，所以吉冈决定在三十一日夜晚将弹子房出租当比赛场地。

邦彦上完今年最后一堂课之后，搭地铁回到难波车站，正当穿过十字路口想转入戎桥街之际，背上被人拍了一下。他回头一看，原来是政夫，只见政夫手里拿着一只崭新的皮鞋。

"这鞋怎么……"

"我在千日前闲逛，看到一个摆地摊的老头正开市营业。老头见到我，便叫着'喂！穷小子，过来瞧瞧鞋子吧！'"

政夫抬起一只脚让邦彦看着脚上的鞋子，那鞋子已经好几个月没擦过，脏兮兮的样子。

"老头还说他的鞋子便宜得连穷小子也买得起……我原本不想上当，但从旁边走过去时，老头将这只鞋硬摆在我眼前。原先叫价四千日元，后来一直杀到一千日元。原以为一千也能买到好货色，但是付钱之后，却只给了我一只鞋。说什么一只右脚一千，若想要左脚得再付一千……"

政夫一本正经地说。

"单单买一只鞋子有什么用？"

邦彦瞄了一眼那只鞋子说道。政夫将脸凑过来：

"你今天好像特别不耐烦呢！"

"没有这种事！"

"嗯……我原想再付一千来凑齐一双，但因为太气人了，所以故意只买一只而叫老头将鞋包起来，老头可是惊讶得说不出话呢！"

政夫说完原委后，叫了一声好冷而瑟缩起身子。

"再去买另一只鞋子吧！"

邦彦想要早些跟政夫道别而如此说道，但政夫将身子探过来，压低声音说：

"阿邦，你替我去买吧！我忍不下这口气。那老头对另一只鞋子也一定感到头痛……我要躲在一旁，再看一次老头的惊讶表情啊！"

接着便硬拉住邦彦，邦彦无奈只得随同政夫往千日前走去。来到大马路后，便见到一个身穿皮夹克的黝黑男人在摆摊叫卖。政夫隐身在拐角处，合掌对邦彦鞠躬拜托。

邦彦穿过来往的人潮走近那摊子，摊子上陈列的众多布料、皮衣、钢笔、打火机等物品，其中赫然摆着一只鞋子。

"这只鞋多少钱？"

邦彦问道。穿皮夹克的男人边用手指搔着鼻头边思索般地望着那只孤单的鞋子，然后将它一把抓起，用低沉的声音答称：

"四千日元。"

"太贵了！"

男人用手中的细长木板拍打着摊子，一点一点地降价。停下脚步看热闹的路人阻塞了道路，男人终于将价格降到一千日元。

"好，我买了！"

"小兄弟，真的要买吗？已经降到这种价格，你可不能反悔哦！"

"嗯，我一定会买。"

用报纸将这只鞋子包好后，男人抬眼瞄着邦彦，悄悄地递上货品。邦彦付了钱，像没事人般地取了货品便往回走，转头一看，那男人正呆立当场望着这里。

政夫从邦彦手中接过鞋包，边骂了声活该边将凑成一双的新皮鞋拿在眼前瞧看。

"要去梅树吗？我也好久没见阿邦的意中人了。"

邦彦闻言瞪大眼睛，政夫将皮鞋放下来又说：

"是个好女人，就像是桌球中的红球呢！"

邦彦觉得事情全被政夫看穿了，不由得转过身去。

"喂，你去哪儿？"

政夫在后面叫道。邦彦不答话，自顾自走回戎桥街。

穿过圣诞歌声四处响起的戎桥街后，邦彦在一条巷子左转，走进了一家咖啡店，町子已经在店内等候着。

自从小太郎走失的那一夜起，在邦彦的脑海中，町子那丰润小巧的樱唇、那股少女般的纯情便日益膨胀。店里偶尔会来些容姿端正的年轻女孩，在校园里也有些擦肩而过的华丽大学女生，但与町子相较下，那些女孩就仿佛是削尖的透明棒子。邦彦从町子身上感受到的是与之全然不同的一种略带傻气的温柔。

邦彦自觉体内也有这种傻气的温柔，于是强行邀约町子，俩人瞒着他人在一块相处，至今已经是第五次了。

"过年时你打算做什么呢？"

町子问道。她身穿一袭蓝底带白梅花碎点的和服，涂着比往常更鲜艳的口红。

"不知道啊！可能去我老板的寓所走一趟，也可能在店里的二楼睡大头觉。"

"我也没什么预定的计划。"

"那个人会来吧？"

每次邦彦一提到那个人，町子必然会慌乱似的转动眼珠子，那种无法隐藏心意的童稚举动更加深了邦彦对她的情欲。邦彦至今仍是个在室男。

"那个人最近在浴室跌了一跤，撞伤了背部，说今年过年要在家里休养呢！"

自从小太郎走失之后，町子便搬回帝冢山的公寓，每天到店里通勤。町子改变了话题：

"阿胜得了感冒，从昨天起就躺在床上。在他感冒痊愈之前，我的店就暂时停止营业。"

"哎，那么你今天是为了跟我见面而专程来此啦？"

"嗯……"

一看时间，正好是四点半，到了邦彦该在河川咖啡店的工作时间。邦彦默默起身，拨了一通电话到河川，撒个无伤大雅的小谎，向武内告假一天。

"其实我今天也想早些打烊，好好休息一下呢！"

武内的声音从话筒彼端传来。这是邦彦来到河川之后的第一次请假。

挂掉电话后，回头望着町子的一瞬之间，邦彦感到体内产生一股压抑不住的冲动。独坐在宁静一隅的町子正用麦管啜饮着柳橙汁，今天浑身上下散发出妖娇诱人的强烈魅力。

得知邦彦今天休假后，町子兴奋地说：

"我买件毛衣给你好吗？"

但旋又略显顾虑地说：

"如果你不愿意，那我也只好忍耐……"

说起来，自从十月之后，邦彦一直穿着同一件蓝色薄毛衣，应该是脏得可以了。他不由得低头，望着身上的毛衣，想到町子说的"忍耐"倒也符合实情，便不知不觉地笑了出来。

俩人刻意绕远路避开御堂街而前往心斋桥街，因为唯恐被人从河川咖啡店看见俩人走在戎桥上的身影。

遭人弃置的几张传单被冷风吹得在御堂街上飘来飘去，在微暗的黄昏下，汽车的尾灯、霓虹灯和电动招牌灯光强烈地急速闪烁着。邦彦在道顿堀桥的中央驻足，倚着栏杆往下望着水面。

当初办完亡母的葬礼之后，邦彦下定决心一定要完成大学学业。那一天，他读到报上广告而前往位于大阪球场附近的一间大型游泳池应聘工作，聘的是每晚从十一点到早上九点睡在办公室内的值夜员，但去晚了一步，被人捷足先登。邦彦漫无目标地从难波沿着御堂街往心斋桥街的方向晃荡。那是个天黑得很快的冬天黄昏，同样是伫立在道顿堀桥上。他记得在很久以前曾被父母牵着走在宗右卫门町大街上。记忆中，一家三口在圣诞歌声四起的心斋桥街购物，然后走过桥去听相声。邦彦临时起意要再走一回记忆中的街道，因而才在河川咖啡店门前看到了招聘打工人员的红单子。

"从这里可以看到河川吗？"

町子靠在他的身边问道。

"从这里看不见。"

"从这里眺望，街道真的好像浸在水中似的。"

俩人在心斋桥街买了东西并且用餐，然后仿佛心意相通地朝着梅树的方向走去。梅树的门口挂着"暂停营业"的牌子，打开锁头后，邦彦和町子进入店内。好似老早就决定好一般，俩人无言地一同登上二楼的房内。

町子在黑暗中打开了煤油炉的开关。由于没有开灯，房内只有从外面射进来的霓虹灯及煤油炉的青色火焰在闪烁着，仿佛弥漫在一层薄雾之中。

在房内的温度变暖之前，俩人一直默默地注视着煤油炉的火焰。

"啊，总算变暖和了……"

町子悄声说道。或许是由于口红比平常更浓艳，町子那浮在半空的嘴唇看起来比黝黑的周围更黑更亮。邦彦用自己的门牙轻轻咬着町子的嘴唇，同时隔着衣服抚摸她那被炉火烤得暖和的上半身。当邦彦放开樱唇之际，町子呼出一口灼热的气息。

　　俩人紧抱着躺在榻榻米上，邦彦手忙脚乱地解起町子的和服衣带。町子用一只手缠住邦彦的脖子，用另外一只手解开自己的衣带。新铺的榻榻米散发出一股草香味，直扑邦彦的鼻子。俩人一直没开口，衣带凌乱地丢在榻榻米上，赤身裸体的俩人被包裹在同一件和服中。

　　"咦！梅树今天暂停营业呢！"

　　从店外传来了一个声音。

　　"这可不妙！跟安先生约好在这里碰面呢！"

　　另一个声音说道。

　　"如果我们现在就回去，恐怕事后他会大怒啊！"

　　"现在几点了？"

　　"八点半……没办法，只好在这里等他一下吧！"

　　邦彦和町子拥抱在一起，互相望着彼此的脸孔。町子伸出食指比一个嘘声手势，同时竖起耳朵倾听。店外两个男人的话声就此中断，但好像有踏脚驱寒的足音从榻榻米底下传来。

　　邦彦将置于町子裸露腹部的手掌缓缓往下游走。町子露出欲拒还迎的表情，比方才更大胆地将火烫的胴体贴了上去。

　　"那家伙一向不守时，每次都故意迟到。"

　　声音再度传来。

　　"别发牢骚了！人家是财大气粗啊！聪明人一旦有了

钱，都会像他那样不可一世的。"

邦彦抚摸着町子的全身，不可思议的是，他的动作竟然像花丛老手般熟练，正确无误地摸到町子难以说出口的地方。在町子从喉咙里流泄出的娇哼声及肢体的摆动中，室内的幽暗薄雾及底下传来的男人说话声皆逐渐消散而去。

"谣传说那家伙挪用了客户的大笔存款呢！"

"人对钱的欲望永远不会满足，就拿你来说，有够用的钱难道就会心满意足吗？"

"若钱不够用，那不是很辛苦吗？"

町子的娇喘声注入邦彦的耳中，掩盖了门外两个男人的笑声。映入邦彦眼中的那煤油炉的蓝焰忽而幻化成那个无赖汉脚下跳动的白色足袜。邦彦意识到町子似乎正欲开口说话，便用嘴唇封住了她的唇。在煤油炉火焰的映照下，町子颤动的肌肤好似涂上了一层蓝色。

"我想有钱……"

"谁不想有钱？"

"到底为活下去而工作，还是为工作而活，我都搞糊涂啦！"

邦彦一面抚摸着已经停止摇摆但仍然紧贴过来的町子，一面感到自己的体内好似遭锐刃划割般剧痛。

在不知不觉中，店外的两个男人已经离去，邦彦的激情也已经消退，唯剩蓝莹莹的热气及闹街的嘈杂声弥漫在狭小的和式房内。

邦彦隔着町子的裸肩注视着炉子的火焰。他觉得似乎在遥远的以前曾在漆黑的房中见过这种摇晃的蓝色火焰。他确信自己曾在不可思议的战栗中见过与此类似的景象。他屏住气息，努力地在记忆中搜寻，却想不起来。蓝色火焰发出咻咻之声，宛如要作势向他袭来一般。

体内剧烈的痛不知不觉中改变形状而逐渐扩散到邦彦的全身，最后化成强烈的困意与倦怠，使得耳朵及脸颊灼热起来。邦彦一面再度让手指游走于町子热烫的半身，一面在虚空的胸中忆起在御堂街分手的职业桌球手渡边耕三的背影。他不太能理解，为何政夫会说渡边就像是落魄时的他呢？

邦彦的手仍置于町子身上。町子的手在拨弄着邦彦的头发。邦彦又想起里美，自从那次以后，他不曾再遇见里美。或许里美依然在各酒吧、俱乐部中以扭摆白皙柔软的裸体为生，那副姿势浮现在邦彦的眼前。里美那带有某种重大意义的泪水在邦彦的脑中重新浮现。

在这瞬间，邦彦忽然有一种念头，想要逃离这条被可怕的污浊、嘈杂与五光十色灯光招牌包围的巨大烂泥沟，但随即又意识到这是一件仅止于想象的困难事情。他凝视着蓝色火焰，火焰化成圆圈而舞动。那个无赖汉的背影再度浮现在他的眼前。

# 11

尽管胜负并不那么重要，但下注在政夫身上的赌金仍然大得惊人，总之这是一场除夕夜的父子对决赛，一群打扮得妖媚冶艳的男子还打算在比赛后通宵喝酒，使得武内铁男为之侧目。

人妖们平常得看客人脸色而曲意承欢，是群可怜人，在红尘中不免养成尔虞我诈的性格，但反过来说，他们也有格外脆弱的一面，而且比欢场女子更擅长掩藏内心的脆弱，武内对此知之甚详。

"像这般有趣的比赛，纵使有钱也未必看得到。到底谁胜谁败，真是让人期待啊！"

阿薰用夸张的姿势说道。他先前高兴地将自己的弟弟考上国立大学医学系之事单独告诉武内一人，还得意扬扬地说要负担弟弟的学费、住宿费及每个月的零用钱，那神情令武内难以忘怀。武内从柜台内招手叫阿薰过来，在他的耳边说：

"你今年又不回故乡过年了吗？"

"嗯……我一回去就惹人讨厌呢！"

"惹谁讨厌？是你的兄弟姊妹吗？"

"连老爸老妈也是。"

伦敦的老板手持一张记录了众人赌注的签单，在人群中来回走动确认。

"赌老武内赢的只有阿邦一人呢！"

伦敦的老板手执红色铅笔说道。

"不行吗？"

邦彦问道。伦敦的老板回答：

"我是庄家，看好老武内会胜，所以希望赌客押阿政啊！"

"阿政有胜算吗？"

"他本人是深具信心，但我不知道他的球技如何。"

邦彦边擦拭盘子边仰脸露出微笑。

"阿邦，拜托改押阿政吧！就你跟别人不一样，这样很容易弄混，事后计算起来也麻烦呢！"

"不，我还是押我的老板！"

"哎！"

伦敦的老板又啧了一声，拿笔在纸上记下些东西。众人的话题全集中在胜负的预测上，正当开始不耐烦之际，吉冈的电话刚好打了进来，说场地随时可以用了。

武内和政夫、邦彦、伦敦的老板及七名人妖男孩，一起走在行人比平常更为稀落的宗右卫门町大街上，在冷风狂卷的寒冷街道上排成一列前行。迎面而来的行人瞧见这怪异的一群人，纷纷吃惊地让路。

在冷清的闹区一隅聚集了一群人，人群围在位于太左卫门桥畔的一处派出所前面。人妖男孩们兴致盎然地跑过去，武内也跟着挤在人群中瞧热闹。一名醉汉坐在派出所内的地板上大声嚷叫着，四五名警察则露出不耐烦的表情望着醉汉。

"喂，警察大人！"

醉汉溜溜地转动眼珠环视着众警察说道。武内觉得这醉汉有些眼熟，原来不是别人，正是上次在打烊之际来河川咖啡店的那位名叫加山的年轻上班族。加山已经烂醉如泥，连站也站不起来。他转着脖子大声说道：

"警察大人，别神气啊！"

"算了！老哥，他们身上带有枪呢！你要当心些才好。"

阿薰大声地喊道。加山朝着话声传来的方向挥了一下手，然后更加气势逼人地答道：

"那又怎么样？装得神气巴拉的样子，还不是靠老子的税金来养活吗？别厚脸皮啦！"

一名警察闻言后立即面红耳赤，正是在先前的某一雨夜用毯子裹着哭泣的小孩并抱入怀内的那名年轻警察。

"可不是靠你一个人的税金养活呢！"

听到这名警察的顶嘴，群众哄堂大笑。有人笑得猛拍身边陌生人的肩膀，有人则是笑弯了腰。另一名警察走了出来，驱散了人群。

离开现场时，武内突然对邦彦脸上的表情觉得有些担心。在前去千日前的沿途中，邦彦一直沉默地和政夫并肩而行，对于人妖男孩们的谈笑只是勉强露出笑脸应付。武内用双手捂住冻僵的耳朵，走过来和邦彦并肩而行。

"过年做什么呢？干脆你从今晚就来我的住处吧！"

"嗯……"

千日前街的大多数商店都还在营业，已经梳好日本发髻的女人们匆匆地在街上走过。从卖天津糖炒栗子的流动摊车中散发出带些苦味的香气。

"上次谈的那件事……"

邦彦低声说道。

"啊，我一直忘了跟你要个回答。"

"不……还是以后再慢慢说好了。"

邦彦那没有光泽的脸颊在寒风中冻得通红。武内没再多说些什么。倒是政夫难得地盯着父亲的脸开口说：

"我在三颗星竞赛中赢了渡边耕三。"

他那自豪的表情中夹杂着些撒娇的味道。

"你这傻瓜……"

坦率对政夫脱口说出真心话的武内觉得心情变得宁静起来。

"我今天若输给老爸，就真的放弃打球，我说的是真的。"

当通往线香袅袅的法善寺的小路出现时，附近已经没有任何行人。在空无一人的石板路彼端是一片蓝色般的静寂气氛。

一见众人到来，吉冈立即放下膝上的哈巴狗，一边用独臂拉上店内的窗帘，一边盯着人妖男孩们直瞧。

"真是怪异的组合！"

吉冈取出为武内准备的球杆，把它和内装比赛用球的一只皮箱一起置于球台上。武内拿起球杆，环视了一下桌球房内部，然后专心地注视着球杆。想起来，他现在仍有自信赢过任何对手。他从皮箱中取出球，用球杆轻轻地试打。从杆子传回来令人怀念的反弹力在他的肩部震荡。

"三颗星竞赛吗？我是比什么都可以的哦！"

他叮咛儿子一句。

政夫轻轻点头并在杆头上涂起巧粉。武内偷瞄着儿子的表情，从吉冈手中接过一件小围兜。政夫咬着下唇瞪着父亲，跟以前铃子故意要激怒武内的那种眼神相似。政夫好像存心要莽撞地向父亲挑战以求一决胜负。武内第一次意识到自己的球技已有几分退步，同时对这场父子竞赛起了全力一搏的念头。他想看到政夫被激发而疯狂地拼出全力。以前自己体内的血液也是在孤注一掷的生命关头中沸腾，或许儿子的体内亦流着相同的血液。

"你跟渡边耕三是比什么球？"

武内问政夫。

"三颗星竞赛，以一局分胜负。"

"你就这样赢了他吗？"

"他的球技退步不少，打直球时还好，若遇到几颗星从背面碰触其他球时，他的力道不是太强就是太弱。"

"你赢了渡边，若再赢过我，有何打算呢？"

"若赢了……"

"若你赢了，我出钱帮你开一间桌球房！"

政夫闻言不禁瞪大眼睛，微歪着头注视着父亲。吉冈似乎也听到了这席对话，转动着小眼珠轮流望着父子俩。

"老爸，你是说真的吗？"

"当真，当真！虽然不是马上就开店，但以后我会朝这方向协助你。"

武内忆起杉山的卜算结果。虽然只是卜算，但他还是希望保护迭生风波而且可能与自己离散的政夫。

武内啜饮了一口吉冈所泡的热茶后，将三颗球排在球台上。

"采用十局比赛制，先胜六局者就算赢。这是一场耐力战哦！"

倚靠在墙前长椅上的阿薰忽然正经地开口说：

"老板，你拿着球杆站在桌球房的架势可真够派头呢！"

伦敦的老板皱起眉头敲了一下阿薰的肩头说：

"别多啰嗦了！这又不是小混混的球赛。"

由于众人妖男孩下注的金额太大，对伦敦的老板而言，武内父子的这场球赛已经不仅是一场游戏而已。

武内先开球，比赛正式展开。众人妖男孩高声欢呼，又拍手又吹口哨。置于瓦斯炉上的茶壶冒出蒸汽，流窜在许多盏炫目的日光灯周围。

第一局是政夫获胜。众人妖男孩的欢声在桌球房中回响。吉冈将油亮的脸庞转向喝彩者，面无表情地扯着嘴角。他一边笑着，一边抚摸着膝上的哈巴狗。

"你的球技还真不错嘛！"

武内由衷地说道。露出害羞笑容的政夫又险胜了第二局，表情却显得凝重。第三局又是武内败下阵来，但他终于重新完整掌握了以前的球感，包括手肘、手腕及球台垫边的运用方法。

"胜负从现在才开始呢！从现在起情势要逆转了。"

伦敦的老板对着得意忘形的人妖男孩们怒声道。政夫将球杆靠在球台边，坐在长椅上冷静地喝着凉掉的茶水。

"你真了得！但若不狠狠地乘胜追击，只怕在紧要关头会栽个跟头呢！"

吉冈小声地对政夫说。武内听到这话，不禁觉得吉冈也真是坏家伙。吉冈对于武内的故意放水是心知肚明。在此之前，听信吉冈的这套说辞而额外加注，却落得一场空欢喜的人不知有多少。

"逐渐接近胜利了，阿政，沉着应战吧！对手可是个职业高手中的高手呢！"

阿薰说道。吉冈有趣似的望着阿薰回了一句：

"还是儿子较厉害。我真该向各位收取参观费才对。"

比赛进入第四局，政夫的眼角向上吊了起来，他的全副精神都贯注在球杆和手腕上。武内故意失误了一球，这局的胜负立判。听到人妖男孩中有人说笑逗趣，政夫的表情依然不为所动，以二十一岁的年龄而论，政夫的确是真有高手的功力。

在第五局，武内才获得首胜。胜了这一局，他更加清楚儿子与自己之间的功力差距。当全神贯注时，绿色绒布球台上便会出现无数的轨迹，这些球道轨迹只有武内一人才瞧得见。武内想让局数先变成五比五的局面，在最后的决赛局中才使出真正的本领。当碰到强手时，武内也知道这种手法深具危险性，而政夫的球技高得让他感到惊讶，也因此逐渐激起他的拼战斗志。

在接下来的四局中，武内让政夫几乎没有握杆的机会，他认真地击球，使得聒噪的人妖男孩们在不知不觉中闭上嘴巴，入迷地望着球儿的恐怖滚动。母球以无与伦比的微妙轨迹和接触点在经过三颗星后返回来触及子球。

武内拿下了五局后，政夫的脸色变得凝重。他不时舔着舌头、揉揉鼻头、猛摇脖子，焦躁似的自言自语。在接下来的一局，武内故意失误两次，将胜利拱手让给了政夫。

政夫偷瞄着父亲的表情，不时地伸舌舔着球杆头，巧粉块的蓝色粉末沾满他的舌头。政夫似乎至此才察觉到父亲的用心，隔着球台望着父亲说：

"好像被老爸赶上了，大概老爸有绝对的胜算吧！但我是不会轻易认输的。"

"马上是最后决胜局的开始！"

吉冈宣布道。父子俩在椅子上坐下来休息一下。

"我太兴奋了，从刚才起就忍不住地心儿怦怦跳！"

人妖男孩明美将裙子撩起来，用手拍着大腿上露出的玫瑰刺青，高声道。

"你真讨厌！又不是在观看真正的打架啊！"

"你们不晓得不可大声喧哗吗？闭嘴！"

伦敦的老板边咬着指甲边起身，在桌球房内浮躁地踱起方步，然后摇头晃脑地将入口处的门打开，显然是想呼吸一下外面的空气，借以压抑心情的紧张。

冷冽的空气立即灌入屋内。伦敦的老板边望着街道边讶声说：

"咦？是小太郎！那条狗不就是町子养的三脚狗吗？"

阿薰闻言立即跑到门外。

"在哪里？我没看到什么狗啊！"

"它往法善寺的方向去了。那条狗好像是少了一只脚呢！"

一直默默观看父子对决的邦彦起身往外走，丢下一句：

"我出去找找看！"

武内从裤子口袋中掏出铜板，在邦彦身后说：

"阿邦，顺便帮我买包烟回来好吗？"

照理说他不会没听到，可是邦彦竟对武内的话没反应，自顾自从法善寺方向的小路去了。

"好冷哦！赶快把门关上吧！"

明美出声道。阿薰和伦敦的老板于是重回球台边，望着武内父子俩。父子俩站起来准备进行决胜局的比赛。政夫用刷子将球台绒布清理干净，然后回头仰望父亲说：

"老爸，这一局是玩真的吗？"

"嗯，玩真的！"

"我也要拼战到底！或许老爸只把这当作一场游戏，可是我要胜给老爸看！"

武内忆起那位名叫玉田的老人，接着脑中又浮起由贵的容颜。不知怎么一回事，杉山的卜算姿态同时也在他的心中流窜。

他将背部转向儿子，郑重其事地用巧粉块涂抹着球杆头，一面回想起杉山的种种往事。一股不可思议的激情在武内的胸中澎湃。他觉得杉山其实是个极其寂寞的可怜人。铃子显然是想和杉山一生厮守，可是由于处在饥饿的时代，在走投无路之下才被迫回到自己的身边。杉山与铃子皆是可怜之极的人啊！

武内的眼眶一阵湿热，他用手背悄悄地揉揉眼睛。战后那个黑市的气息与嘈杂将武内包围在其中。武内在一瞬间强烈地怀想起铃子那富有弹性的白皙胴体，眼泪不禁再度溢出。他从未像现在这般爱过铃子，但对这已经亡故的爱人同时怀着一股无可化解的恨意。

武内回过头来，低着脸说：

"开始吧！"

见到父亲突如其来的眼泪，政夫不知所措地握着球杆，将身子靠在球台边。吉冈、人妖男孩们及伦敦的老板也皆对武内的泪眼感到讶异。

最后的一局开始了。武内茫然而无意识地出杆击球。在仿佛微醺的脑中一隅，出现了往法善寺方向而去的邦彦的身影。武内想过，纵使邦彦再怎么拒绝，自己也要强行将他留在身边。对于一不沾亲二不带故的邦彦，此刻，武内觉得感受到一种父子般的感情。

在桌球房内日光灯的映照下，桌球前滚、后滚、斜转、直进地互相画着弧线，同时发出硬物相触的脆响。武内注视着红白桌球，它们已经不仅仅是圆形的象牙制玩具，而是无常的小小生命体，在细长球杆的触击之下，带着邪恶的能量，在令人眼睛发亮的翠绿色小宇宙间滚动着。